Bonnie Bryant

Reitunterricht für einen Filmstar

Sattelclub Band 17

Bonnie Bryant

Bonnie Bryant hat viele Jahre lang in einem Verlag gearbeitet. Seit 1986 schreibt sie hauptberuflich Kinderbücher. Sie lebt mit ihren beiden Kindern in New York und reitet häufig im Central Park.

Bonnie Bryant

Reitunterricht für einen Filmstar

Sattelclub Band 17

Aus dem Amerikanischen übersetzt
von Simone Wiemken

Ravensburger Buchverlag

Als Ravensburger Taschenbuch
Band 54911
erschienen 2002

Die Originalausgabe erschien 1991
bei Bantam Books, a division of
Bantam Doubleday Dell Publishing Group Inc., New York
unter dem Titel „The Saddle Club – Star Rider“

Published by arrangement with Bantam Doubleday Dell
Publishing Group Inc., New York,
New York, USA

Die deutsche Erstausgabe erschien 1996
im Ravensburger Buchverlag

Umschlagillustration: Ulrike Heyne

Printed in Germany

**Die Schreibweise entspricht
den Regeln der neuen Rechtschreibung.**

5 4 3 2 1 06 05 04 03 02

ISBN 3-473-54911-8

www.ravensburger.de

SATTELCLUB

1

Julia Atwood streichelte das schwarze Fohlen.

„Keine Angst, Samson", sagte sie. „Dir wird nichts passieren."

Er wedelte mit dem Schweif und seine Ohren zuckten hin und her.

„Das bedeutet, dass er dir zuhört", erklärte Laura Hanson ihrer Freundin.

Doch das wusste Julia ohnehin, denn das junge Pferd hatte sie keine Sekunde aus den Augen gelassen, seit sie die Weide betreten hatte. Es hatte noch nicht ein einziges Mal zu seiner Mutter, der Palomino-Stute Delilah, hinübergeschaut, die von der anderen Seite des Zauns herübersah.

Julia hielt Samson die Trense unter die Nase. Er sollte sich das Zaumzeug erst ansehen und es beschnuppern dürfen, damit er wusste, was auf ihn zukommen würde. Er warf einen ängstlichen Blick darauf und wich zwei Schritte zurück. Geduldig ging Julia wieder auf ihn zu und streichelte ihn.

Obwohl ihre beiden besten Freundinnen, Laura Hanson und Jenny Lake, nur wenige Meter entfernt standen, kam es Julia so vor, als wären sie und Samson die einzigen Lebewesen auf der Welt, denn sie konzentrierte sich so auf das junge Pferd, dass sie nichts anderes mehr wahrnahm.

„Ich bin es doch, Julia", sagte sie leise und folgte dem zurückweichenden Fohlen langsam. Daraufhin blieb Samson stehen. „Ich möchte dir doch heute etwas Neues beibringen, und du kannst mir zeigen, was für ein kluges Pferd du bist."

Julia redete einfach drauflos. Sie wusste, dass es keine Rolle spielte, *was* sie zu Samson sagte. Wichtig war nur, dass er ihre Stimme hörte und die Ruhe darin spürte. Wenn sie ihm Unsicherheit oder Angst signalisierte, würde er sofort die Flucht ergreifen. Und dann würde es jedes weitere Mal schwierig werden, ihn aufzutrensen.

Als Samson stillstand, ging Julia auf seine linke Seite. Sie hielt das Gebiss des Zaums in der linken Hand und das Genickstück in der rechten. Sie hielt ihm das Gebiss unter die Nase und hob das Genickstück an, um es ihm sofort anlegen zu können. Samson war überrascht – und bevor er wusste, wie ihm geschah, hatte sie ihm auch schon das Gebiss ins Maul geschoben und ihm dann ganz schnell das Genickstück über die Ohren gestreift. Nun trug er zum ersten Mal eine Trense und Julia hoffte nur, dass er lange genug stillhalten würde, damit sie den Kehlriemen zuschnallen konnte.

„Das tragen alle modebewussten Pferde in diesem Jahr“, sagte sie zu Samson wie die Ansagerin einer Modenschau. „Das ist der elegante Mini mit markanten Metallapplikationen – perfekt für den Nachmittagsausritt oder die Morgenarbeit auf dem Platz. Passend zu jeder Stilrichtung.“

Julia verschnallte den Kehlriemen und nahm dann die Zügel in die Hand. Samson kaute neugierig auf dem fremden Metallstück in seinem Maul herum und blieb verwundert stehen.

„Super!“, rief Jenny vom Zaun herüber.

„Ja, gut gemacht!“, lobte auch Laura. „Du bist die geborene Trainerin!“

„Ach, das war doch nichts Besonderes“, wiegelte Julia ab und führte Samson zum Zaun. „Immerhin ist er nun schon seit Monaten ans Halfter gewöhnt.“

„Aber zwischen einem Halfter und einer Trense ist ein himmelweiter Unterschied. Samson ist nicht dumm – er merkt den Unterschied sofort. Du warst echt klasse!“, sagte Laura.

Lauras Kompliment machte Julia beinahe verlegen. Die drei Mädchen waren die besten Freundinnen, und sie waren alle drei gute Reiterinnen. Sie hatten sogar den Sattelclub gegründet, für den es nur zwei Regeln gab:

Alle Mitglieder mussten Pferdenarren sein und versprechen, einander in jeder Situation zu helfen. Julia ritt noch nicht so lange wie ihre Freundinnen, doch sie gab sich große Mühe und hatte in der kurzen Zeit schon viel gelernt. Außerdem versuchte Julia immer, alle Probleme logisch anzugehen und hatte damit sowohl in der Schule als auch im Reitstall immer wieder Erfolg. Wer Julia kannte, wunderte sich nicht mehr darüber, dass ihr meistens alles gelang, was sie sich vornahm. Die Einzige, die immer wieder darüber verblüfft war, war Julia selbst.

Jenny war da ganz anders. Wenn es ein Problem gab, hatte sie eigentlich immer eine verrückte Idee, wie sie es lösen konnte. Meistens brachte sie sich und andere damit allerdings in Schwierigkeiten, doch das störte Laura und Julia nur wenig. Etwas mit Jenny zu unternehmen machte trotzdem immer Spaß.

Laura war die ernsthafteste Reiterin von den dreien. Sie war auf verschiedenen Stützpunkten der Marineinfanterie aufgewachsen, denn ihr Vater war Oberst bei dieser Truppe, und so hatte Laura schon als recht kleines Mädchen angefangen, Reitstunden zu nehmen. Später einmal wollte sie Trainerin, Tierärztin, Turnierreiterin oder Pferdezüchterin werden – vielleicht aber auch alles gleichzeitig!

„Kann ich jetzt mal versuchen, ihn herumzuführen?", fragte Jenny. Julia nickte und übergab ihr die Zügel.

Samson schien das merkwürdige Ding in seinem Maul so zu beschäftigen, dass er Jenny brav über die Koppel folgte. Julia kletterte auf den Koppelzaun und setzte sich neben Laura.

„Ich wette, wenn er noch ein bisschen älter ist, haben wir keine Probleme, ihn an den Sattel zu gewöhnen."

„Aber nur, wenn er gute Ausbilder hat", bemerkte Laura.

„Die hat er doch: uns!", erinnerte Julia sie.

„Und wir sind die Besten", fügte Jenny grinsend hinzu, als sie mit Samson gerade wieder am Zaun angekommen war.

„Da wir gerade von den Besten sprechen", begann Laura, „mein Dad hat doch demnächst Geburtstag, und ihr beiden habt doch versprochen, mir bei der Überraschungsparty zu helfen."

„Wir haben dir doch geholfen", gab Jenny zurück. „Wir haben dich daran erinnert, die Einladungskarten zu verschicken."

„Eine tolle Hilfe!", spottete Laura. „Wisst ihr was? Ich führe Samson jetzt ein bisschen herum, und ihr beide überlegt euch inzwischen, was wir auf die Beine stellen können, damit mein Dad zu seinem vierzigsten Geburtstag die beste Party aller Zeiten bekommt."

Laura sprang vom Zaun und landete auf dem weichen Boden. Samson sah misstrauisch zu, wie Jenny die Zügel an Laura übergab. Er schien erst jetzt zu begreifen, dass sie mit dem unangenehmen Ding in seinem Maul verbunden waren.

„Vierzig!“, überlegte Jenny laut und kletterte zu Julia auf den Zaun. „Das klingt schrecklich alt.“

„Mein Vater ist vor zwei Jahren vierzig geworden“, sagte Julia. „Er hat schon Monate vorher davon gesprochen.“

„Was habt ihr denn damals für ihn organisiert?“, fragte Jenny.

„Gar nichts“, gab Julia zurück. Doch dann kam ihr ein Gedanke. „Sein vierzigster Geburtstag war irgendwie ein großes Thema für ihn. Vielleicht hätte er doch gerne eine Party gehabt, aber er hat immer wieder gesagt, dass er nicht feiern will.“

„Ja, ja, das sagen sie immer“, bemerkte Jenny. „Aber auf jeden Fall ist Oberst Hanson ein echt netter Kerl, und ich möchte Laura unbedingt dabei helfen, eine supertolle Party für ihn zu organisieren!“

„Ja, ich auch“, sagte Julia.

Oberst Hanson war bei allen Reitern in der Reitschule von Pine Hollow, in der auch der Sattelclub ritt, beliebt. Er gehörte zu den freiwilligen Helfern ihres Ponyclubs, der den Namen *Die Pferdeprofis* trug. Jenny mochte ihn besonders gern, denn beide interessierten sich sehr für alle möglichen Dinge der Fünfzigerjahre und für alberne

Witze. Manchmal hatte Laura es sogar schwer, ihrem kichernden und prustenden Vater das Telefon zu entreißen, wenn Jenny anrief. Jenny und Oberst Hanson hatten wohl einen unerschöpflichen Vorrat an albernen Elefanten- und Mäusewitzen, und sie erzählten sich diese bei jeder Gelegenheit.

„Dir ist doch klar", begann Jenny, „wenn wir Laura beim Organisieren der Party helfen wollen, müssen wir uns auch über die Dekoration und das Essen Gedanken machen!"

„Und übers Aufräumen", fügte Julia düster hinzu.

„Das Problem ist nur, dass Popcorn das Einzige ist, was ich Essbares fabrizieren kann", bemerkte Jenny.

„Ein Glück, dass Oberst Hanson verrückt nach Popcorn ist", gab Julia trocken zurück.

„Julia! Telefon für dich!" Mrs Regnery, der Einfachheit halber Mrs Reg genannt, kam auf sie zu. Sie war die Geschäftsführerin der Reitschule und die Mutter von Max. Eigentlich hasste sie es, den Laufburschen spielen zu müssen und lehnte es normalerweise ab, Reitschüler zu suchen, die am Telefon verlangt wurden. Wenn sich Mrs Reg nun entgegen ihrer Grundsätze auf den Weg gemacht hatte, war das kein gutes Zeichen. Julia war sofort beunruhigt.

„Ist etwas passiert?", rief sie besorgt und rannte Mrs Reg entgegen.

„Nein, aber ich habe ein Ferngespräch für dich in der Leitung – aus Kalifornien. Du solltest dich beeilen."

Julia beeilte sich. Sie rannte so schnell, dass sie vollkommen außer Atem war, als sie endlich Mrs Regs Schreibtisch erreicht hatte.

„Hallo?", keuchte sie in den Hörer.

„Ist da Julia Atwood?" Julia wusste sofort, dass sie die Stimme schon einmal gehört hatte, konnte sie aber nicht gleich zuordnen.

„Ja, hier ist Julia. Wer ist da?"

„Hier ist Skye – Skye Ransom", klang es aus dem Hörer. „Erinnerst du dich noch an mich?"

„Skye? Ehrlich?" Julia konnte es kaum glauben. Natürlich erinnerte sie sich an ihn. Skye Ransom war ein berühmter junger Filmstar, den sie und ihre Freundinnen kennen gelernt hatten, als sie zu einem Reitturnier in New York eingeladen worden waren. Die Mädchen hatten ihn getroffen, als er gerade versucht hatte, für eine Filmrolle reiten zu lernen. Skye hatte nur ungern zugegeben, dass er noch nie zuvor auf einem Pferd gesessen hatte. Für den Sattelclub war das jedoch gar kein Problem, die Mädchen hatten ihm in Rekordzeit alles beigebracht, was er wissen musste. Julia war ein bisschen enttäuscht gewesen, dass er sich nicht mehr gemeldet hatte, obwohl sie ihm geschrieben hatte, dass sie sich den Film achtmal angesehen hatte.

„Du erkennst meine Stimme nicht, obwohl du den Film achtmal gesehen hast?“, fragte Skye lachend.

Julia musste mitlachen. „Doch, natürlich! Wofür hältst du mich? Ich kann es nur nicht glauben! Warum rufst du an? Wie hast du mich überhaupt gefunden?“

„Ich habe mich eben ein bisschen erkundigt“, sagte er. „Weißt du, wir drehen einen neuen Pferdefilm ...“

„Ach, und jetzt brauchst du wieder Tipps?“, unterbrach ihn Julia.

„Ja, das auch. Aber vor allem brauche ich dringend Reitunterricht.“

„Klar, wir würden dir ja schon gern Unterricht geben, aber wäre es nicht besser, wenn du dir einen kalifornischen Reitlehrer suchen würdest?“

„Das könnte ich natürlich auch machen“, sagte er. „Aber der müsste mir dann wohl Fernunterricht geben, weil ...“

„Jenny! Laura! Das werdet ihr mir nie glauben!“, kreischte Julia. „Das ist der helle Wahnsinn!“

„Was denn?“, fragte Laura.

„Das ist einfach irre!“, keuchte Julia atemlos. „Ich habe gedacht, ich falle in Ohnmacht!“

„Wenn du uns jetzt nicht sofort sagst, was los ist, kitzle

ich dich so lange, bis du uns jede Einzelheit erzählst", drohte Jenny.

Julia versuchte, sich zu beruhigen, brachte aber vor Aufregung kein Wort heraus.

„Wer war denn eben am Telefon?", fragte Laura ungeduldig.

„Es war Skye", sagte Julia.

„Ransom?", fragten Jenny und Laura fast gleichzeitig. Julia nickte. „Ja, Skye Ransom. Er hat *mich* angerufen. Aus Kalifornien. Er ist dort, aber ..."

„Oh je, so wie sich Julia anhört, wird das eine längere Geschichte", spottete Jenny.

Julia überhörte diese freche Bemerkung einfach und erzählte weiter „... aber er wird nicht mehr lange dort bleiben. Sie drehen nämlich einen neuen Pferdefilm. Es wird die Fortsetzung zu dem aus New York. Nur diesmal ist der Drehort in ..."

„Virginia?", fragte Laura aufgeregt dazwischen.

Julia nickte. „Ja, irgendwo in Virginia. Und Skye wollte wissen, ob ich ihm noch einmal helfen würde – ihr beide natürlich auch. Könnt ihr das glauben? Ist das nicht irre?"

„Allerdings", seufzte Laura verträumt.

„Wahnsinn!", fügte Jenny mit strahlendem Lächeln hinzu, doch dann verschwand die Freude aus ihrem Gesicht.

„Dir ist aber schon klar, dass Virginia ein ziemlich großer Staat ist, oder? Der Drehort könnte meilenweit entfernt liegen."

„Aber wo immer er in Virginia sein mag, ist er doch immer noch näher, als wenn der Film in Kalifornien gedreht würde", wandte Laura ein.

„Ja", sagte Jenny. „Da hast du allerdings Recht."

In diesem Augenblick zog etwas an ihrer Hand. *Samson!* Den hatte sie beinahe vergessen. Noch bevor sie es richtig begriffen hatte, war Samson davongaloppiert. Er raste über die Weide und die Zügel schleiften auf dem Boden.

„Oh nein!", rief Laura entsetzt. Samson konnte jeden Moment in den Zügeln hängen bleiben und stürzen.

Nach der ersten Schrecksekunde wussten die drei Mädchen sofort, was zu tun war. Schnell trieben sie Samson in eine Ecke. Julia näherte sich ihm langsam von der Seite und sprach dabei beruhigend auf ihn ein. Samson konzentrierte sich voll und ganz auf Julia und merkte nicht, dass Laura auf der anderen Seite viel näher bei ihm war.

Gerade, als er vor Julia davonlaufen wollte, griff Laura nach den Zügeln.

„Sei ein feiner Junge", schmeichelte Julia und klopfte ihm den Hals. Er schien ein wenig enttäuscht, dass das lustige Spiel so schnell vorbei sein sollte.

Laura schnallte die Trense auf und nahm das Trensengebiss aus Samsons Maul. Das Fohlen schien froh darüber, dass der Spuk ein Ende hatte.

„Wir sind schon ein tolles Team!“, stellte Julia fest.

„Wir sind wirklich etwas Besonderes!“, bestätigte Laura. „Wir bilden einen Hengst aus und bringen einem berühmten Filmstar das Reiten bei!“

„Und wir schmeißen eine supertolle Geburtstagsparty“, fügte Jenny hinzu.

„Sehen wir der Tatsache ins Auge, Mädels“, sagte Julia lachend. „Wir sind der Sattelclub. Wir können einfach alles!“

2

„Was ist das für ein Geschrei?“, brüllte Max Regnery und kam aus dem Stall auf die drei Mädchen zugestürmt, die immer noch lautstark ihre Erfolge feierten. „Ihr steht hier herum und schreit wie die Wilden. Im Stall spielen schon die Pferde verrückt! Das darf doch wohl nicht …“

Die Mädchen sahen einander verblüfft an. Zugegeben, sie waren etwas laut gewesen, aber die Pferde waren erst nervös geworden, als Max mit schwingenden Armen herumgerannt war und angefangen hatte, lautstark herumzubrüllen.

Max war ein erstklassiger Reitlehrer und ein guter Freund aller Schüler. Die meiste Zeit war er freundlich und verständnisvoll; das konnte sich jedoch blitzschnell ändern, wenn es um das Wohl der Pferde ging. Das Reiten und die Versorgung der Pferde kamen bei Max immer zuerst. Das galt auch für die Reitstunden. Wenn Max seinen Schülern verbot, während des Reitunterrichts zu sprechen, dann war es ihm ernst damit. Es war schon mehr als einmal vorgekommen, dass Max eine geschwätzige Reitschülerin so lange vom Unterricht ausgeschlossen hatte, bis sie bereit war, sich so zu konzentrieren, wie er es verlangte. Jetzt hatte er denselben strengen Gesichtsausdruck aufgesetzt, doch die Mädchen waren sich keiner Schuld bewusst.

„Entschuldige, Max", sagte Laura. „Okay, die Begeisterung ist ein bisschen mit uns durchgegangen, aber uns ist nicht aufgefallen, dass die Pferde *dadurch* beunruhigt wurden."

„So, so. Was habt ihr mit Samson gemacht?", fragte Max, der jetzt etwas ruhiger wirkte.

„Wir haben ihn zum ersten Mal aufgetrenst", erzählte Jenny stolz. „Er war ganz brav. Und als wir die Trense wieder abgenommen hatten, schien er das neue Gefühl im Maul direkt zu vermissen."

„Er war einfach süß, Max. Du hättest ihn sehen sollen", sagte Julia und streichelte das junge Pferd.

Max sah Samson an und lächelte. Es war fast unmöglich, den kleinen Hengst anzusehen und nicht zu lächeln.

„Ihr drei seid wirklich fleißig", sagte Max. „Es tut mir Leid, dass ich euch angeschrien habe. Vielleicht sind die Pferde nervös geworden, weil sie gespürt haben, dass ich es auch bin."

„Was ist denn los?", fragte Laura.

„Ich stehe vor einer Entscheidung", erklärte er und

sah die drei Mädchen nacheinander an. „Vielleicht könnt ihr mir dabei helfen."

„Ja klar!", platzte Julia heraus.

„Wir können uns bei der Arbeit darüber unterhalten", sagte Max. „Der Hufschmied kommt nachher, und ich möchte vorher bei allen Pferden die Hufeisen kontrollieren. Helft ihr mir, die Pferde auf der Nordweide zusammenzutreiben?"

Das war typisch für Max. Er konnte es nicht ertragen, dass jemand einfach nur herumstand und sich unterhielt, solange es noch etwas zu tun gab.

Die Mädchen folgten ihm auf die Nordweide, auf der sechs Pferde standen.

Die drei trieben die Pferde zum Tor, wo Max sie erwartete und ihren Hufbeschlag kontrollierte. Der Schmied kam einmal in der Woche nach Pine Hollow, und Max wollte sichergehen, dass alle Pferde, die neue Hufeisen brauchten, für ihn bereitstanden. „Mich hat vorhin ein Mann namens Blake Dithers angerufen. Er ist Filmproduzent."

Die drei Mädchen horchten auf.

„So wie es aussieht, sucht er nach einem Reitstall in Virginia, um dort eine Woche lang – von Montag bis Freitag – einen Film zu drehen, der mit Pferden zu tun hat. Irgendwie ist die Filmgesellschaft auf unseren Stall gekommen ..."

Die Mädchen sahen einander an. Sie dachten alle drei das Gleiche.

„Der Mann war wohl der Meinung, dass ich etwas über diesen Film wissen sollte. Er sprach ununterbrochen von seinem Star – einem Kerl namens Sven oder so."

„Skye", verbesserte Julia ihn.

„Ach so! Jetzt fällt es mir wieder ein. Das ist doch der Schauspieler, den ihr in New York kennen gelernt habt, nicht wahr?" Sie nickten. „Habt ihr etwas damit zu tun?" Sie schüttelten den Kopf. „Nun ja, vielleicht ist es nur ein Zufall."

„Ganz bestimmt", versicherte Jenny. „Keine von uns hat seit New York etwas von Skye gehört – bis heute natürlich."

Max nickte abwesend. „Natürlich", sagte er. „Aber es gibt da ein Problem. Dieser Dithers hatte offensichtlich nicht die geringsten Zweifel daran, dass ich seinen Filmplänen zustimmen würde."

„Das tust du doch, oder?", fragte Julia entsetzt, denn ihr war gerade klar geworden, dass Max tatsächlich ablehnen könnte.

„Ist euch eigentlich klar, wie viel Arbeit es kostet, diesen Stall in einen Drehort zu verwandeln?", fragte Max. „Außerdem müssten alle Reitstunden ausfallen, weil die Filmleute die gesamte Anlage für sich beanspruchen werden."

„Aber sie bezahlen doch dafür, oder?“, fragte Jenny.

„Das ist nicht das Problem“, sagte Max. „Als Dithers merkte, dass ich von der Idee nicht sehr begeistert war, hat er den angebotenen Betrag nahezu verdoppelt. Ja, sie würden sogar sehr viel dafür bezahlen.“

„Stell dir vor, was du mit dem Geld alles anfangen könntest!“ Jenny dachte wie immer praktisch.

„Stell dir vor, wie viel Arbeit das Ganze machen wird!“, entgegnete Max trocken.

Wenn es je eine Zeit gegeben hatte, in der ein Sattelclub-Treffen unbedingt erforderlich war, dann war sie jetzt gekommen. Die Mädchen hatten dringend etwas zu besprechen.

„Ach Max, ich glaube, bei den dreien dort drüben hast du die Hufe noch nicht kontrolliert“, sagte Jenny und zeigte auf die beiden Braunen und den Fuchs, die am anderen Ende der Weide standen. „Wir holen sie für dich, einverstanden?“

„Ist das nicht genial?“, fragte Julia, als sie neben ihren Freundinnen über die Weide ging.

„Wir müssen ihn unbedingt überzeugen“, sagte Jenny energisch.

„Wir sind der Sattelclub. Wir können alles“, erinnerte Julia ihre Freundinnen.

„Max wird nur zustimmen, wenn er sicher sein kann, dass die Filmgesellschaft den normalen Tagesablauf in

Pine Hollow nicht stört und dass die Pferde genauso gut gepflegt werden wie sonst auch."

„Und wie sollen wir ihn davon überzeugen?", fragte Julia.

„Ganz einfach – wir sagen ihm, dass wir alles selbst machen werden", entschied Laura.

„Ah, wir gehen also logisch an die Sache heran?", fragte Jenny. „Genau, wir könnten einen Stalldienstplan aufstellen", sagte sie. „Wahrscheinlich müssen wir auch ein paar der anderen Reiter um Hilfe bitten. Alleine werden wir die ganze Arbeit kaum schaffen."

„Meinst du echt, dass sie mitmachen werden?", fragte Laura skeptisch.

Jenny warf ihr einen verächtlichen Blick zu. „Wenn sie dadurch die Chance bekommen, Sven – ich meine natürlich Skye – zu sehen? Sie werden sich um die Stallarbeit reißen!"

Die drei kicherten. Sie waren überzeugt, dass Max sich genauso gut an den Namen Skye erinnern konnte wie sie selbst. Er wollte sie sicher nur ein bisschen auf den Arm nehmen.

„Kommt, wir bringen die Pferde zu Max und erzählen ihm von unserer Idee", sagte Laura. Sie stieß einen kurzen Pfiff aus und die Pferde kamen auf sie zu.

„Wir wollen dir ein Geschäft vorschlagen", sagte Julia, als sie bei Max am Koppeltor ankamen. „Wir haben beschlossen, dass es gut für Pine Hollow wäre, die Filmgesellschaft hier zu haben."

Max sah die drei Mädchen amüsiert an. „Ach, habt ihr das?"

Julia nickte. „Ja. Es wäre eine gute Werbung für den Stall und du würdest daran verdienen. Mit dem Geld könntest du einige Verbesserungen vornehmen – nicht, dass dieser Stall nicht auch jetzt schon perfekt wäre –, aber du könntest die Stute kaufen, von der du schon so lange schwärmst. Ja, und außerdem braucht die Futterkammer ein neues Dach. Als Gegenleistung bieten wir die Dienste von Pine Hollows jungen Reitern an, darunter natürlich auch unsere. Wir werden für die Dauer der Dreharbeiten in organisierten Schichten dafür sorgen, dass alles glatt geht."

Max sah sehr interessiert aus. „Ihr Mädchen seid bereit, die ganze Arbeit zu machen, nur damit die Futterkammer ein neues Dach bekommt?"

„Auf jeden Fall", bestätigte Jenny. „Die Futterkammer bedeutet uns allen sehr viel."

„Genau wie die Stute, die du vielleicht kaufst", fügte Laura hinzu.

„Und wir freuen uns darauf, für dich arbeiten zu dürfen", sagte Julia.

„Ich wusste ja gar nicht, wie viel unser Stall euch bedeutet", stellte Max gerührt fest.

„Sehr viel“, betonte Jenny.

„Ihr werdet aber eine Menge zusätzliche Arbeit haben“, warnte Max.

„Was denn zum Beispiel?“, fragte Jenny.

„Zum Beispiel Pferde putzen, Boxen ausmisten, Pferde für die Schauspieler auf- und absatteln. Außerdem werdet ihr Hof und Stall aufräumen müssen, denn es soll alles tadellos aussehen. Vielleicht werdet ihr auch einige Zäune oder Stalltüren neu streichen müssen. Ich nehme auch an, dass einige der Pferde eine spezielle Ausbildung bekommen müssen – und wahrscheinlich brauchen die Schauspieler auch Reitunterricht.“

„Kein Problem“, sagte Julia schnell. „Wir besorgen dir im Handumdrehen einen Haufen Gärtner, Ausbilder oder Pferdepfleger.“

„Und was ist mit den Reitstunden für die Schauspieler?“, fragte Max. „Wer soll denn diese Aufgabe übernehmen?“

Drei Hände schossen in die Luft.

„Also gut“, sagte Max. „Ich werde Dithers anrufen und zusagen. Er wird kaum glauben, dass meine jungen Reiter freiwillig auf ihre Reitstunden verzichten, nur um seinem Filmteam zu helfen.“

„Oh, vielen Dank, Max!“, sagte Julia, der ein Stein vom Herzen gefallen war. „Du wirst es nicht bereuen!“

Max lachte. „Ich sicher nicht, aber ihr vielleicht. Ihr

werdet hart arbeiten müssen um euren Freund Sven wiederzusehen."

„Skye", verbesserte Julia ihn, ohne nachzudenken. „Du glaubst doch nicht, dass das der einzige Grund ist, oder?"

„Vermutlich nicht der einzige", gab Max zu. „Aber um die Wahrheit zu sagen, die Sache mit dem neuen Dach für die Futterkammer habe ich euch nicht abgenommen."

„Schwach, nicht wahr?", fragte Julia grinsend.

„Ja, aber ein guter Versuch", gab Max zurück. „Aber jetzt muss ich euch etwas gestehen. Ich hatte bereits beschlossen, Mr Dithers zuzusagen. Es ist bestimmt interessant zuzusehen, wie ein Film gedreht wird. Außerdem dachte ich mir schon, dass ihr drei sicher gern umsonst arbeiten würdet, nur um diesen Sven noch einmal aus der Nähe zu sehen."

„Skye!", rief Julia entnervt. „Und ja, wir wollen ihn gern wiedersehen. Immerhin ist er unser Freund und zudem so etwas wie unser Reitschüler …"

„Ach ja, ich erinnere mich an eure Erzählungen von den Stadtrundfahrten in seiner großen Limousine", stichelte Max. Noch bevor die Mädchen Gelegenheit hatten, etwas darauf zu erwidern, hatte Max schon das Thema gewechselt. „Zwei von diesen Pferden brauchen neue Eisen; die anderen sind noch in Ordnung. Bringt

Barq und Coconut bitte in den Stall, bevor der Schmied kommt."

„Ist gut", sagte Laura, doch Max hatte sich schon umgedreht und ging auf sein Büro zu, um Mr Dithers anzurufen.

„Das ist doch echt unfassbar", schimpfte Julia aufgebracht.

„Allerdings", bestätigte Jenny empört. „Es ist wirklich unglaublich, wie Max uns wieder einmal hereingelegt hat."

„Ja, aber denk doch nur daran, wie toll es sein wird, ein nagelneues Dach auf der Futterkammer zu haben!", alberte Laura.

3

Jenny, Laura und Julia warteten ungeduldig auf die Ankunft des Filmteams.

„Ich wette, sie kommen mit einem riesengroßen Lastwagen“, sagte Jenny.

„Mindestens sogar mit zweien“, gab Julia zurück. „Denk doch nur mal an die Frau mit dem Notizbuch.“

Die besagte Frau war die Aufnahmeleiterin. Max hatte sie sofort nach seiner Zusage zwei Tage lang auf dem gesamten Gelände herumgeführt. Sie wollte sich einen Überblick verschaffen, welche Requisiten schon vorhanden waren und welche noch mitgebracht werden mussten. Sie hatte zwei Tage lang jede Ecke des Stalls durchstöbert und sich dabei viele Notizen gemacht. Die Mädchen waren davon überzeugt, dass nun unzählige Gegenstände von der Filmgesellschaft aus Kalifornien herangeschafft werden mussten.

Als das Filmteam endlich auftauchte, fuhren tatsächlich zwei Lastwagen vor, doch sie kamen nicht aus Kalifornien, sondern waren von einer lokalen Filmgesellschaft gemietet worden. Begleitet wurden sie von einer ganzen Flotte von Kleinbussen und Personenwagen, in denen die Techniker saßen.

„So wie's aussieht, sind das die Leute für Licht, Ton und die Kameras, und außerdem sind da auch noch massenweise Leute, die nur in der Gegend herumrennen und irgendwas tragen", stellte Laura fest.

„Das sind die Laufburschen", erklärte Jenny.

Laura sah sie verständnislos an.

„Ach, du weißt schon: ‚Hol mal Kuchen, koch Kaffee' und so weiter."

„Stimmt. Davon scheinen sie eine ganze Menge zu haben. Aber wo bleiben die Schauspieler?"

„Suchst du einen bestimmten?", neckte Julia sie.

„Hattet ihr drei nicht versprochen, die Ponys zu putzen?", fragte Max, der lautlos hinter ihnen aufgetaucht war.

Die Mädchen fuhren erschrocken herum. Natürlich sollten sie sich jetzt eigentlich um die Ponys kümmern, doch es gab hier so viel zu sehen, dass sie viel lieber auf dem Hof geblieben wären.

„Muss das jetzt sein?", maulte Jenny.

„Versprochen ist versprochen", bestimmte Max streng. „Denn sonst …" Er ließ seine Drohung unvollendet. Die Mädchen hätten gern versucht, ihn umzustimmen, doch in diesem Augenblick kam ein Mann angerannt, der Max fragte, wo er denn Kaffeewasser herbekommen könnte und Max blieb nichts anderes übrig, als ihn zu begleiten.

„Wenn Max sich zum Laufburschen degradieren lässt, können wir uns auch dazu herablassen, die Ponys zu putzen“, entschied Laura. „Wir müssen ja dazu schließlich nicht im Stall bleiben. Bringen wir sie doch in den kleinen Auslauf neben den Lastwagen, dann verpassen wir nichts.“

Das war eine super Idee. Es dauerte nicht lange, die drei Ponys aus dem Stall zu holen und mit der Arbeit anzufangen.

Die Mädchen waren fasziniert von allem, was um sie herum geschah. Es wurden Kameras aufgestellt, Kabelrollen hin- und hergetragen – es wurde sogar ein Teil des Geländes vermessen. Niemand schenkte den drei Mädchen und ihren Ponys auch nur die geringste Beachtung.

Die drei waren so damit beschäftigt, die Unterhaltung zwischen zwei Männern zu verfolgen, dass ihnen die Ankunft von sechs großen Wohnmobilen gar nicht auffiel. Skye Ransom stieg aus und schlich sich von hinten an die Mädchen heran.

„Andere Leute zu belauschen ist aber sehr unfein“, sagte er gespielt ernst.

Die drei fuhren herum und begrüßten ihn überschwänglich.

„Skye!", rief Julia und ließ vor Aufregung die Wurzelbürste fallen. Sie prallte auf den Huf des Ponys, das daraufhin erschrocken zurücksprang. Der Knoten löste sich, der Strick rutschte vom Zaunpfahl ab und das Pony raste davon. Die Mädchen hätten es nur zu gern laufen lassen und sich weiter mit Skye unterhalten, doch das war natürlich unmöglich.

„Wir sind gleich wieder da", sagte Jenny entschuldigend.

„Soll ich euch helfen?", fragte Skye.

„Vielen Dank, nicht nötig."

Sie brauchten nicht lange, um das Pony wieder zu holen und anzubinden, doch diese Zeit hatte Veronica diAngelo gereicht, ihre Chance zu nutzen. Veronica war die verwöhnte Tochter reicher Eltern, die sich für etwas Besseres hielt.

„Es ist so wundervoll, dich bei uns zu haben, Skye", säuselte Veronica, als die Sattelclubmädchen damit beschäftigt waren, das Pony wieder anzubinden.

„Oh, vielen Dank", sagte Skye verlegen.

„Skye, das ist Veronica diAngelo", sagte Julia. Skye nickte höflich. Dann vollendete Julia die Vorstellung. „Veronica", sagte sie. „Das ist Mr Ransom." Skye gab ihr die Hand. Jetzt war Veronica verlegen. Dadurch, dass Julia den Filmstar mit dem Vornamen angesprochen hatte, ihn ihr aber mit dem Nachnamen vorgestellt hatte, wurde Veronica eindeutig gezeigt, dass sie nicht dazugehörte. Skye schüttelte ihr die Hand und versuchte zu lächeln. Zur gleichen Zeit bemühten sich die Sattelclubmitglieder, *nicht* zu lächeln.

„Aber nun muss ich mich um meine Vollblut-Araberstute kümmern", sagte Veronica hochnäsig. „Ich sehe euch vielleicht später." Sie fühlte sich sichtlich unwohl und sprach mit zusammengebissenen Zähnen, was Jenny, Julia und Laura natürlich diebisch freute. Es kam schließlich selten genug vor, dass Veronica nicht von sich überzeugt war.

„Was war denn *das* für ein Auftritt?", fragte Skye und beobachtete Veronicas Abgang.

Die Mädchen konnten nicht mehr an sich halten. Sie brüllten vor Lachen, schafften es aber trotzdem, Skye alles über Veronica zu erzählen.

„Sie bildet sich ein, alles haben zu können", sagte Julia. „Dich übrigens eingeschlossen."

„Den Eindruck hatte ich auch", bemerkte Skye. „Aber sie wird leider eine Enttäuschung erleben, denn wie ihr wisst, sind Vollblut-Araberstuten nicht mein Fall. Dann schon eher … ach, ich zeige es euch. In meinem Wohnmobil ist jemand, den ihr unbedingt kennen lernen müsst, wenn ihr mit euerer Arbeit fertig seid."

Als sie die Ponys wieder in den Stall gebracht hatten, erzählte ihnen Skye auf dem Weg zu seinem Wohnmobil von der Handlung des Films.

„Es geht um einen Jungen namens Gavin. Er liebt Tiere, vor allem aber seinen Hund Maverick und sein Pferd. Bei diesem Teil brauche ich übrigens eure Hilfe. Würdest du ein Pferd für mich aussuchen, Julia? Es muss aber eines sein, das mir nicht jede falsche Handbewegung krumm nimmt."

„Du willst, dass ich ein Pferd für den Film aussuche?", fragte Julia, überrascht von dem Vertrauen, das er in sie setzte.

„Warum nicht?", erwiderte Skye. „Du weißt doch am besten, was für ein miserabler Reiter ich bin, und welches Pferd mir das am ehesten verzeiht. Welches kannst du mir empfehlen?"

Julia dachte darüber nach und ging gedanklich die Pferde der Reihe nach durch. Sie könnte zwar auch Jenny und Laura um Vorschläge bitten, doch Skye hatte nach ihrer Meinung gefragt, nicht nach der ihrer Freundinnen. „Darüber muss ich erst nachdenken. Wann musst du das erste Mal reiten?", fragte sie.

„Irgendwann im Lauf des Tages. Der Regieassistent möchte, dass ich heute einen Proberitt mache. Geht das?"

„Natürlich", sagte Julia. „Wir können Max ja nachher mal fragen, aber ich bin sicher, dass es keine Probleme geben wird."

„Super, das läuft ja wie am Schnürchen", sagte Skye. „Aber nun möchte ich euch den zweiten Hauptdarsteller des Films vorstellen." Er öffnete die Tür des Wohnmobils und wurde mit einem begeisterten „Wuff!" begrüßt.

Die Mädchen folgten Skye in das Wohnmobil. Das „Wuff!" stammte von einem kleinen Mischlingshund mit sandfarbenem, lockigem Fell und kleinen Schlappohren. Er wedelte freundlich mit dem Schwanz und stellte sich auf die Hinterbeine, um Skye einen feuchten Hundekuss zu verpassen. Die Mädchen waren sofort begeistert von dem niedlichen kleinen Hund.

„Das einzige Problem bei diesem Film", sagte Skye mit einem Grinsen, „ist die Tatsache, dass Maverick mich glatt an die Wand spielt. Er ist so süß, dass er mir die Schau stehlen wird."

„Dir könnte Schlimmeres passieren, als von einem so putzigen kleinen Kerlchen übertrumpft zu werden", gab Julia zurück und kraulte Maverick zwischen den Ohren.

„Und was soll ich sagen, wenn er einen Oscar gewinnt, und ich ihn für ihn in Empfang nehmen muss?"

Die Mädchen lachten, und Jenny bat Skye, ihnen zu erzählen, welche Rolle Maverick und das Pferd in dem Film zu spielen hatten.

„Ach ja, ich bin abgelenkt worden." Sie alle nahmen

in dem riesigen Wohnmobil Platz. „Also, Gavin liebt sein Pferd und seinen Hund. Er ist ein echter Einzelgänger und er ist auch zufrieden damit, bis sein Hund in einer Biberfalle ein Bein verliert und er lernen muss, den Leuten zu vertrauen, die seinem Hund helfen können."

„Er verliert ein Bein! Was habt ihr mit Maverick vor?", stieß Jenny entsetzt hervor.

„Passt mal auf!", sagte Skye. Er schaute den Hund eindringlich an. „Bein", sagte er. „*Bein!*" Beim Sprechen ballte er die Faust. Offenbar diente das Maverick ebenso als Signal wie das Wort. Er stand gehorsam auf, zog das rechte Hinterbein bis an den Bauch und hüpfte auf drei Beinen herum.

„Wenn man nicht genau hinsieht, fällt es gar nicht auf. Dieser Hund ist einfach spitze", sagte Skye.

„Wie hat er das gelernt?", wollte Laura wissen.

„Er war auf einer Hundeschule. Maverick beherrscht noch andere Tricks, aber dieser ist für unseren Film am wichtigsten. Sein Trainer ist auch hier, und normalerweise würde er den Hund bei sich haben, aber ich habe Maverick so gern, und außerdem fand ich, dass wir uns aneinander gewöhnen sollten. Deshalb habe ich gefragt, ob der Hund nicht in meinem Wohnmobil bleiben darf."

„Du hast wirklich Glück", sagte Julia zu Skye. Sie saß auf dem Boden und drückte den klugen Hund fest an sich. „Ob Maverick mitkommen möchte, wenn wir reiten?“, fragte sie Skye.

Skye wollte gerade antworten, als Maverick aufstand und mit dem Schwanz wedelte. Er schaute Skye erwartungsvoll an, als ob er jedes Wort verstanden hätte.

Skye lachte. „Wir müssen erst fragen, ob wir ihn mitnehmen dürfen, aber ich denke, es wird gehen. Schließlich muss er während der Dreharbeiten viel Zeit mit mir und meinem Pferd verbringen. Wir müssen doch sichergehen, dass sich der Hund und das Pferd vertragen!“

„Kommt, wir gehen“, drängte Laura. Wenn es ums Reiten ging, war sie nie zu bremsen. „Ich sage Max Bescheid und treffe euch dann im Stall. Was soll ich ihm sagen, wenn er fragt, welches Pferd Skye nimmt?“, fragte sie Julia.

Julia wusste inzwischen, welches Pferd sich am besten für einen Anfänger wie Skye eignen würde. „Pepper natürlich!“ Sie ritt dieses Pferd selbst sehr gern, weil es sehr ruhig und gut erzogen war. Außerdem war es eines der älteren Schulpferde und hatte viel Erfahrung mit ungeübten Reitern. Julia war sicher, dass Skye mit ihm klarkommen würde.

„Gute Idee!“, sagte Laura.

„Die beiden werden sich bestimmt vertragen. Und Pepper ist außerdem sehr hübsch. Er wird im Film bestimmt gut aussehen“, stimmte Jenny zu.

„Dann ist es abgemacht", sagte Skye. „Lasst uns gehen. Der Regisseur will sehen, welches Pferd ich reite, das heißt, wir müssen ihm Pepper vor unserem Ausritt vorführen."

Jenny und Laura gingen zum Stall um ihre Pferde zu satteln. Skye schaute zu, wie Julia für sich den Fuchswallach Comanche sattelte, ihn dann nach draußen führte und festband. Als Nächstes holte sie Peppers Sattelzeug aus der Sattelkammer und Skye half ihr beim Satteln. Maverick stand vor der Box und beobachtete die beiden genau.

„Du brauchst nicht zu helfen", sagte Julia zu Skye.

„Ich weiß", erwiderte er. „Aber irgendwie wollen die Leute immer alles für mich tun. Ich helfe dir gern."

„Okay, dann schau mal nach, ob die Satteldecke auf der anderen Seite glatt liegt."

Skye bestätigte den faltenfreien Sitz der Decke, und schon bald konnte Julia auch Pepper zu den anderen nach draußen führen.

Sie prüfte noch einmal, ob Pepper auch korrekt gesattelt war und zog den Sattelgurt nach. Ihr fiel jedoch nicht auf, dass etliche der Filmleute in der Nähe standen und Scheinwerfer und Mikrofone aufstellten. Sie hatte sich daran gewöhnt, dass Skye stets beobachtet wurde, was immer er auch tat.

Sie erinnerte ihn daran, wie er beim Aufsitzen die

Zügel halten musste und hielt Pepper außerdem so lange fest, bis Skye sicher im Sattel saß. Dann klopfte sie dem Pferd aufmunternd den Hals.

„Denk daran“, sagte sie zu Skye. „Du bist der Boss. Pepper mag zwar größer sein als du, aber er erwartet, dass du ihn führst. Wenn du nicht die Führungsrolle übernimmst, wird er es tun – und dann bist du in Schwierigkeiten.“

„Das habe ich irgendwo schon einmal gehört“, gab Skye lächelnd zurück. Pepper machte ein paar Schritte vorwärts.

„Das ist die erste Probe“, sagte Julia. „Du hast ihm nicht gesagt, dass er vorgehen soll, also lenke ihn wieder rückwärts bis an die Stelle, an der er vorher gestanden hat. Zieh dabei sanft an den Zügeln.“

Skye befolgte ihre Anweisungen und Pepper kehrte auf seine Ausgangsposition zurück und blieb dort gelassen stehen.

„Gratuliere“, sagte Julia. „Er hat dich soeben als Boss anerkannt.“

Sie nahm Comanches Zügel und wollte gerade aufsitzen, als sie eine tiefe Stimme hinter sich hörte.

„Gut gemacht!“ Julia drehte sich um. Ein Mann in Jeans und Polohemd kam auf sie zu. „Willst du uns nicht vorstellen?“, fragte er Skye.

„Julia, das ist der Regisseur des Films. Sein Name ist

Oliver Mathews. Oliver, darf ich Ihnen Julia Atwood vorstellen?“

Julia schüttelte dem Mann höflich die Hand.

„Du kannst gut mit Pferden umgehen“, stellte Oliver fest und Julia wurde rot.

„Sie ist eine großartige Reitlehrerin“, sagte Skye. „Sie ist sogar die beste, die ich je hatte.“

„Ach, hör doch auf“, wehrte Julia verlegen ab. Sie hatte gar nichts Besonderes getan. Sie hatte Skye nur beim Aufsitzen geholfen und ihm einen kleinen Tipp gegeben. Das hätte jeder andere Reiter auch gekonnt. Genau das sagte sie den beiden auch.

„Für dich war es vielleicht nichts Besonderes“, wandte Oliver ein. „Für mich aber schon. In unserem Film gibt es eine kleine Rolle, für die uns noch ein Nebendarsteller fehlt, weil der Junge, der sie ursprünglich spielen sollte, krank geworden ist. Es handelt sich dabei um einen Jungen, der in dem Stall arbeitet, in dem Gavin reitet, aber die Rolle kann ein Mädchen genauso gut spielen. Es sind nur ein paar Sätze zu sprechen, in der Art von ‚Soll ich Dixie für dich satteln?‘. Wärst du daran interessiert, diese Rolle zu übernehmen, Julia?“

„Ich?“, fragte Julia entgeistert. Sie war so verblüfft, dass sie sogar über ihre Schulter sah, ob hinter ihr vielleicht noch eine andere Julia stand, die er gemeint haben könnte.

„Ja, du“, antwortete er. „Du würdest es bestimmt sehr gut machen, da bin ich ganz sicher.“

„Natürlich macht sie es“, rief jemand von der Stalltür her. Es war Jenny, die ihr zu Hilfe kam. Sie ging direkt auf Mr Mathews zu und führte Topside neben sich her. „Sie wird das mit Sicherheit erstklassig machen. Sie werden allerdings zuerst ihre Eltern fragen müssen. Am besten rufen Sie einfach an. Max hat ihre Nummer, aber ich kann sie Ihnen auch geben.“

Jenny sprach absichtlich so schnell, damit Julia gar keine Chance hatte, dieses Angebot abzulehnen.

„Das ist eine gute Idee“, sagte er. „Ich nehme an, du bist ihre Agentin?“

„Allerdings“, gab Jenny stolz zurück. Sein Sinn für Humor gefiel ihr. „Mein Name ist Jenny Lake. Ich vertrete alle Stars in dieser Gegend. Lassen Sie uns doch irgendwann einmal zusammen essen gehen.“

„Abgemacht“, sagte Oliver grinsend und schüttelte ihr die Hand. Dann winkte er den Reitern zu. „Und jetzt wünsche ich euch viel Spaß bei eurem Ausritt. Skye und Julia müssen nachher noch arbeiten, also genießt jetzt eure Freizeit!“

Die vier ritten los, und weil der Weg zunächst an der Reitbahn entlangführte, konnten sie beobachten, wie Veronica in ihrer feinsten Reitkluft in die Bahn kam und auf ihr Pferd steigen wollte – wahrscheinlich in der Hoffnung, dass Mr Mathews ihre außergewöhnliche Schönheit und Eleganz bemerken würde. Es amüsierte die drei Sattelclubmitglieder unendlich, als sie sahen, wie Veronicas Stute während des Aufsitzens plötzlich einen kleinen Hopser machte und Veronica ganz unelegant im Schlamm landete.

„Ich glaube nicht, dass sie dafür mit einer Rolle in deinem Film belohnt wird“, stellte Jenny grinsend fest.

„Wohl kaum – schließlich ist es keine Komödie“, lachte Skye.

Julia war so glücklich und gleichzeitig so aufgeregt wie noch nie in ihrem Leben. Sie spürte kaum, dass sie auf einem Pferd saß – es fühlte sich vielmehr so an, als würde sie fliegen. Sie konnte es noch gar nicht fassen – hier ritt sie nun, in Begleitung von Skye Ransom, und sie würde außerdem in einem Film mitspielen!

„Wollen wir ein Stück traben?“, fragte Laura.

Doch Julia hatte das Gefühl, schon längst über den Wolken zu schweben.

4

Am nächsten Morgen kam es Julia so vor, als verliefe ihr Leben wieder etwas normaler. Am Tag zuvor war alles so rasend schnell gegangen, dass sie nicht mehr gewusst hatte, wo ihr der Kopf stand. In nur wenigen Stunden war sie tatsächlich für den Rest der Woche engagiert worden. Sie würde sogar für die Arbeit mit Skye Ransom *bezahlt* werden! Da sie noch unter achtzehn war, brauchte sie am Drehort jemanden, der auf sie aufpasste. Die meisten anderen jugendlichen Darsteller hatten ihre Eltern dabei und Skye wurde von einem Onkel begleitet. Julias Eltern waren jedoch beide berufstätig und konnten so kurzfristig keinen Urlaub nehmen. Deshalb hatte sich Max bereit erklärt, diese Verantwortung zu übernehmen. Er war ohnehin ständig im Stall. Julia war ganz froh, dass ihre Eltern keine Zeit hatten, denn sie hätten bestimmt dauernd irgendwelche Fragen gestellt und sie tausendmal ermahnt, sodass sie nie zum Arbeiten gekommen wäre.

Nicht, dass sie bisher viel gearbeitet hätte. Sie war

morgens um sechs am Drehort gewesen, wie man es von ihr verlangt hatte. Ihren Text kannte sie auch schon auswendig. Einmal musste sie sagen: „Dein Pferd ist fertig, Gav“ und ein weiterer Satz war „Ein hübscher Hund“. Die dritte Textstelle war noch einfacher; sie brauchte nur „Ach!“ zu sagen und später dann noch einmal „Danke“. Das war nun wirklich nicht schwer gewesen.

Fünf Minuten nach sechs an diesem Morgen hatte man sie in das Wohnmobil geschickt, in dem die Kostüm- und Maskenbildner untergebracht waren. Julia war in ihren eigenen Reitsachen zum Drehort gefahren und wurde nun von vier Erwachsenen genauestens gemustert. Irgendwann kamen diese dann zu dem Schluss, dass sich Julias Sachen für die Rolle, die sie spielen sollte, perfekt eigneten. Einer der Helfer machte sich daran, ihre Stiefel zu putzen, und er schaffte es sogar, sie zum Glänzen zu bringen. Für Julia sah das unecht aus.

„Wenn man in einem Stall arbeitet wie das Mädchen, das ich spielen soll“, erklärte sie, „dann können die Stiefel gar nicht glänzen.“

„Das hier ist ein Film“, wies sie die Kostümbildnerin streng zurecht. „Nicht die Wirklichkeit. Schmutzige Stiefel können die Leute überall sehen, aber in einem Film wie diesem müssen sie glänzen.“

Es hatte keinen Sinn, mit ihr zu diskutieren. Julia beschloss, sich vorzustellen, dass das Mädchen, das sie spielen sollte, gerade neue Stiefel bekommen hatte. Das lieferte wenigstens eine plausible Erklärung für die glänzenden Stiefel.

Als Nächstes fand sich Julia in einem hohen Stuhl vor einem Spiegel wieder und wurde geschminkt. Sie fand die Maskenbildnerin viel netter als die Kostümbildnerin, denn sie hatte wenigstens Ahnung von der Wirklichkeit.

„Ich heiße Jeanette", stellte sie sich vor. „Und ich werde mir die größte Mühe geben, dich so zu schminken, dass du aussiehst wie du selbst. Wenn ich das schaffe, habe ich meine Arbeit richtig gemacht."

Jeanette war sehr nett und schien zu spüren, wie unsicher und verlegen es Julia machte, in einem Film mitspielen zu dürfen. Sie tat, was sie konnte, um Julia ihre Angst zu nehmen. Julia durfte so viel erzählen, wie sie wollte, nur nicht, solange an ihrem Mund gearbeitet wurde.

Es dauerte lange, das Make-up aufzutragen, doch als Jeanette endlich fertig war, musste Julia zugeben, dass sie tatsächlich fast genauso aussah wie immer. Abgesehen davon, dass ihre Lippen hellrosa glänzten. Ihre Mutter erlaubte es ihr nur selten, Lippenstift zu benutzen, und so fühlte sich Julia heute besonders hübsch.

„Ab mit dir", sagte Jeanette und scheuchte Julia aus dem Stuhl, auf den schon der Nächste wartete.

„Wohin denn?", fragte Julia.

„Wenn du im Moment nichts zu tun hast, musst du zum Unterricht“, erwiderte Jeanette.

„Zum Unterricht? Ich denke, ich soll hier in einem Film mitspielen“, entgegnete Julia verwirrt.

„Natürlich sollst du das, aber solange du nicht gebraucht wirst, musst du deinen Schulstoff nachholen. Hat dir das niemand gesagt?“

Julia schüttelte den Kopf. Das hörte sie zum ersten Mal. Und sie hatte sich schon darauf gefreut, eine Woche lang schulfrei zu haben. Aber wie es aussah, musste sie sowohl arbeiten als auch für die Schule pauken – das war ungerecht.

„Das verlangt das Gesetz“, erklärte Jeanette. „Der RA ist draußen. Frag ihn, wo du hinsollst. Wir sehen uns dann morgen wieder. Ach übrigens: Hals- und Beinbruch, Julia.“

Jeanette winkte fröhlich, und Julia war klar, dass sie gehen durfte. Sie wusste nur nicht, wohin. Sie öffnete die Tür und verließ das Wohnmobil. Draußen standen ein Mann und ein Junge, der ungefähr in ihrem Alter sein musste.

Julia verstand die Welt nicht mehr. Sie hatte keine Ahnung, was ein RA war, und sie wusste auch nicht, warum eine nette Frau wie Jeanette ihr wünschte, dass sie sich den Hals brach. Diese Filmleute waren wirklich komisch!

Hoffentlich lerne ich das alles noch, bevor ich mich irgendwo blamiere, dachte Julia verzweifelt.

„Hallo, du musst Julia sein", sagte der Mann, der vor der Tür des Wohnmobils stand. „Ich heiße John und bin der Regieassistent."

Julia ging ein Licht auf. RA war die Abkürzung von Regieassistent! Sie gab ihm höflich die Hand. Dann stellte er sie dem Jungen vor. Sein Name war Jesse Macomber und John erklärte ihr, dass er Skyes Double war.

„Ihr müsst jetzt zum Unterricht. Er findet in Mrs Regs Büro neben der Sattelkammer statt. Weißt du, wo das ist?"

„Ja, natürlich", antwortete Julia.

„Gut, dann kannst du Jesse mitnehmen. Er kennt sich hier noch nicht aus. Wir brauchen dich gegen neun Uhr. Jemand wird dich abholen."

„Ist gut", sagte Julia und wollte gerade gehen, als John sie aufhielt.

„Oliver sagt, du hättest noch nie vor einer Kamera gestanden, stimmt das?"

Das wollte Julia nur ungern zugeben. Sie schämte sich zwar nicht dafür, aber sie hatte Angst, dass man sie wieder hinauswerfen würde, wenn herauskam, dass sie nicht die geringste Ahnung vom Filmgeschäft hatte.

„Ja, das stimmt schon", sagte sie zögernd und fühlte sich sehr unwohl.

John lächelte freundlich. „Dann wünsche ich dir Hals- und Beinbruch."

Julia warf einen verstohlenen Blick auf ihre Beine. Was meinten die bloß alle damit?

John und Jesse lachten über ihre offenkundige Verwirrung.

„Weißt du was, Julia?", sagte Jesse. „Du verrätst mir, was eine Sattelkammer ist, und ich erzähle dir, warum hier alle sagen, dass du dir den Hals und die Beine brechen sollst."

„Hier entlang", sagte Julia erleichtert. „Du zuerst."

„Der Spruch ‚Hals- und Beinbruch' hat mit einem alten Schauspieler-Aberglauben zu tun", erklärte Jesse. „Wenn ein Schauspieler auf die Bühne tritt, hat er immer Angst, dass er sich verspricht oder dass etwas passiert, das die ganze Vorstellung ruiniert. Das ist der Albtraum jedes Schauspielers. Also bereiten sie sich in Gedanken auf das Schlimmste vor, das ihnen einfällt, weil genau das dann mit Sicherheit nicht eintritt."

„Jetzt verstehe ich", stellte Julia erleichtert fest. „Wenn du jemandem Hals- und Beinbruch wünschst, wird er sich bestimmt nichts brechen und die Vorstellung geht glatt über die Bühne."

„Genau", sagte Jesse. „Und nun erzähl mir alles über diese so genannte Sattelkammer."

Jetzt war Julia in ihrem Element. Sie war froh, endlich

über etwas sprechen zu können, von dem sie etwas verstand. Sie erzählte Jesse alles über das Sattelzeug und war gerade dabei, ihm den Unterschied zwischen Dressur- und Springsätteln zu erklären, als sie Mrs Regs Büro erreichten. Dieses Zimmer wurde für die Dauer der Dreharbeiten als Klassenzimmer genutzt. Inzwischen hatte Julia noch etwas von Jesse gelernt. Er musste als Double immer einspringen, wenn es darum ging, Kameras und Beleuchtung für Skyes nächsten Auftritt richtig einzustellen. Jesse hatte Julia erzählt, dass er eines Tages selbst Schauspieler werden wollte, doch in der Zwischenzeit war er froh, dass er als Double schon jetzt ein bisschen Filmluft schnuppern konnte.

Durch Jesses Erzählung wurde Julia klar, dass das Drehen eines Films tatsächlich harte Arbeit war. Es war kein Jux und auch keine willkommene Gelegenheit, eine Woche lang die Schule zu schwänzen. Es war ganz und gar kein Zuckerschlecken.

Julia hatte in Mrs Regs Büro schon viel gelernt, seitdem sie angefangen hatte, in Pine Hollow zu reiten, doch mit Erdkunde hatte es nie zu tun gehabt. Es war ziemlich ungewohnt, von Sätteln und Trensen umgeben zu sein und normalen Schulunterricht zu bekommen. Alle Jugendlichen, die an dem Film mitarbeiteten, wurden von einer Frau namens Sabrina unterrichtet. Anfangs waren Julia und Jesse noch allein. Skye arbeitete an einer

Szene und Julia wurde in zwanzig Minuten zur Probe erwartet. Die Lehrerin verlor keine Zeit. Sie beauftragte Julia sofort damit, eine Karte zu zeichnen und die Epizentren von Erdbeben darin einzutragen. Julia staunte nicht schlecht, als sie merkte, dass sie in diesen zwanzig Minuten tatsächlich etwas gelernt hatte.

Dann ließ John sie holen und an den Ort bringen, an dem ihre erste Szene gedreht werden sollte. Die Szene als solche war zwar ziemlich lang, doch Julias Part war nur sehr klein. Auf ein Zeichen von John sollte sie Pepper aus dem Stall holen und ihn festhalten, bis Skye aufgesessen war.

Sie tat, was von ihr verlangt wurde, und sagte dabei ihren ersten Text: „Dein Pferd ist fertig, Gav."

„Schnitt, perfekt. Vielen Dank", sagte der Regieassistent. Das war es schon gewesen. Sie hatte es geschafft. Die Szene war im Kasten.

Julia hatte genug über Filme gelesen, um zu wissen, dass die meisten Szenen mehrmals gedreht werden mussten, bevor sie perfekt waren. Sie grinste in sich hinein, denn sie war stolz darauf, dass ihre eigene Szene schon beim ersten Mal so gut geklappt hatte.

„Kann ich jetzt gehen?", fragte sie John.

Er sah sie überrascht an, doch dann musste er lachen. „Nein", sagte er. „Ein paar Dinge müssen wir schon noch erledigen."

Es stellte sich heraus, dass noch *eine ganze Menge* Dinge erledigt werden mussten, denn dieser Part war nur die Grundlage für alles Weitere gewesen. Doch Julia hatte schon Recht gehabt; die erste Aufnahme *war* gut gewesen – und das war immerhin schon etwas. Sie hatte jedoch nicht damit gerechnet, dass diese Szene nun noch etliche Male aus verschiedenen Blickwinkeln gefilmt werden musste, damit später dann die beste Version zusammengeschnitten werden konnte.

Julia brauchte ihren Text nicht noch einmal zu sprechen, aber die jeweiligen Bewegungen musste sie noch etliche Male ausführen.

Die meiste Zeit konzentrierten sich die Kameraleute auf Skye. Sie machten Nahaufnahmen von seinem Gesicht und seinen Händen und filmten ihn beim Aufsitzen aus jeder Richtung.

Dann richteten sich die Kameras auf Julia und Pepper. Sie wurden beim Gehen und im Stehen gefilmt, und einmal musste Julia Pepper sogar im Trab aus dem Stall führen. Die Kamera folgte dabei erst ihren Händen und dann ihren Füßen. Einmal wurde die ganze Szene auch aus dem Blickwinkel des Hundes gedreht.

Obwohl Julia immer wieder das Gleiche tun musste, faszinierte sie das Ganze doch so, dass sie überhaupt nicht darauf achtete, wie die Zeit verging. Als Oliver dann schließlich verkündete, dass es Zeit zum Mittagessen wäre, stellte sie überrascht fest, dass sie einen Bärenhunger hatte.

Skye und Julia holten sich belegte Brote und Limonade vom Buffet und griffen eifrig zu.

„Ich verstehe gar nicht, warum ich solchen Hunger habe“, bemerkte Julia verschämt, als ihr auffiel, wie viel sie gegessen hatte.

„Das liegt daran, dass du hart arbeitest“, sagte Skye. „Und gleich wirst du noch härter arbeiten müssen, denn wir müssen wieder zur Schule.“

„Schon wieder?“

„Du warst doch heute Morgen nur zwanzig Minuten da, oder etwa nicht? Um dem Gesetz zu genügen, wirst du etwas mehr tun müssen. Außerdem habe ich zufällig gehört, wie Oliver sagte, dass einige der Nahaufnahmen von uns beiden wiederholt werden müssen. Also vorerst ist wohl kein Ende der Plackerei in Sicht.“

Julia fing an zu lachen und bemerkte, wie Skye sie verständnislos ansah. „Ich brauche nicht zur Schule zu gehen, um etwas zu lernen“, sagte sie. „Ich habe in den letzten Stunden schon mehr gelernt, als ich für möglich gehalten hätte. Ich habe gelernt, dass alle Leute hier, einschließlich der Kinder, tatsächlich arbeiten. Außerdem weiß ich jetzt, dass diese Art von Arbeit sehr anstrengend sein kann. Und wenn mir jemand einreden will, dass Filmschauspieler nur in Glanz und Glitter leben, werde ich ihn eines Besseren belehren, das verspreche ich dir!“

„Abgemacht“, sagte Skye und reichte ihr die Hand. „Aber nun müssen wir zum Unterricht, bevor Sabrina die Hunde auf uns hetzt.“

Auch der zweite Teil des Unterrichts war sehr interessant. Julia lernte noch mehr über Erdbeben, und dann veranstalteten alle vier Schüler einen Buchstabierwettbewerb. Buchstabieren war eine von Julias Stärken. Sie schlug alle anderen mit dem Wort „rhythmisch“. Jesse und Skye gratulierten ihr herzlich. Alicia, das Double für die Schauspielerin, die Gavins Schwester darstellte, gratulierte ihr ebenfalls, doch weit weniger herzlich als die beiden Jungen. Julia fand dieses Mädchen nicht sonderlich sympathisch, und so störte es sie nicht im Geringsten, als Alicia zum Drehen abgeholt wurde.

Um drei Uhr war die Schule beendet. Laut Tagesplan hätte Julia um halb vier mit der Arbeit fertig sein sollen. Das passte ihr gut, denn Jenny und Laura wollten gleich nach der Schule in den Stall kommen, für Max die Pferde versorgen und dann mit ihr ins Einkaufszentrum fahren, um alles zu besorgen, was sie für die Geburtstagsparty von Oberst Hanson brauchen würden.

Um halb vier stand Julia jedoch wieder mit Skye vor der Kamera. Oliver und John erklärten ihr, dass sie sich die Aufnahmen vom Morgen angesehen hätten und dass mit der Beleuchtung wohl etwas schief gelaufen sei. Sie hatten die Stärke des natürlichen Lichts falsch eingeschätzt und würden nun die ganze Szene noch einmal drehen müssen.

„Ich wünsche, dass so etwas nicht noch einmal passiert“, knurrte John und warf den Beleuchtern einen finsteren Blick zu.

Julia hob die Hand und wartete, bis Oliver auf sie aufmerksam wurde. „Ich glaube, ich habe eine Idee, wie wir solche Zwischenfälle in Zukunft ausschließen könnten“, sagte sie. Alle hörten ihr aufmerksam zu und fragten sich, was das neueste Mitglied ihres Teams wohl vorschlagen würde. „Es ist eine sehr alte Pine-Hollow-Tradition“, erklärte sie. „Hier.“ Sie zeigte auf die Stalltür, vor der Skye auf Pepper aufsitzen musste. „Wir nennen es das Glücksbringer-Hufeisen. Alle Reiter von Pine Hollow berühren es vor Beginn jedes Rittes, und niemand, der das getan hat, ist je bei einem Reitunfall ernstlich verletzt worden. Ich bin mir ziemlich sicher, dass es auch gegen eine falsch eingestellte Beleuchtung hilft. Möchten Sie es nicht ausprobieren?“

Einen Augenblick lang herrschte absolute Stille, die schließlich von dem Gelächter des Filmteams unterbrochen wurde.

„Es ist auf jeden Fall einen Versuch wert!“, stellte Oliver fest. Er war der Erste, der das Hufeisen berührte.

Alle anderen folgten seinem Beispiel, und es bildete sich eine lange Schlange vor dem Hufeisen, der sich auch die Kameraleute anschlossen.

Jenny und Laura kamen gerade noch rechtzeitig, um zu sehen, wie der Elektriker des Teams über das Hufeisen strich. Die beiden winkten Julia zu sich heran und begannen hektisch auf sie einzureden.

„Trägst du *Lippenstift*?“, rief Jenny entsetzt.

„Warum berühren die denn alle das Hufeisen?“, fragte Laura neugierig.

„Ja, der Lippenstift ist toll, nicht? Und zu deiner Frage Laura: Da alle wegen eines Beleuchtungsfehlers sauer waren, habe ich versucht, die Stimmung ein wenig zu heben“, beantwortete Julia die Fragen ihrer Freundinnen.

„Du musst eine echte Stimmungskanone sein“, stellte Laura fest.

„Oh, das ist sie wirklich“, meldete sich Skye zu Wort, der Lauras letzten Satz aufgeschnappt hatte. „Und außerdem hat sie bei unserem Buchstabierwettbewerb gewonnen. Ihr hättet mich vor ihr warnen sollen! Wenn ich gewusst hätte, was mich hier für ein Allround-Talent erwartet, hätte ich mich besser vorbereitet.“ Er legte Julia freundschaftlich einen Arm um die Schultern.

„Wir wollen alles hören“, forderte Jenny.

„Ja, ich werde euch alles erzählen! Versprochen!“, sagte Julia.

„Wann können wir los?“, fragte Jenny. „Wir wollten vor dem Einkaufen noch in die Eisdiele.“

Julia schaute noch einmal auf ihre Uhr. Es war halb vier. Sie wäre gern mit ihren Freundinnen in die Eisdiele und dann zum Einkaufen gegangen, doch die gesamten Aufnahmen vom Morgen sollten noch einmal gedreht werden. Das würde bestimmt einige Stunden dauern. Sie hatte sich schon auf ein Sattelclubtreffen gefreut, doch an diesem Tag würde sie mit Sicherheit keine Zeit mehr dazu haben.

„Ich kann nicht“, sagte sie. „Wegen dieses Beleuchtungsfehlers werde ich bis heute Abend hier bleiben müssen. Können wir nicht morgen gehen? Wir haben doch noch ein bisschen Zeit bis die Party steigen soll.“

„Nein, das geht nicht. Ich habe meinen Vater schon gebeten, uns um sechs vom Einkaufszentrum abzuholen“, sagte Laura. „Und ich kann ihn jetzt nicht erreichen, um ihm abzusagen, also müssen wir heute gehen.“

„Oh, das ist aber schade“, seufzte Julia. Sie fühlte sich schrecklich unwohl. Sie hatte sich so darauf gefreut, mit ihren Freundinnen für die Party einzukaufen.

„Denk nicht ans Einkaufen. Das, was du hier machst, passiert nur einmal im Leben – und die meisten Leute haben nie die Chance, so was überhaupt einmal mitzubekommen. Keine Sorge, wir werden es auch ohne dich schaffen“, versicherte Laura.

„Wir telefonieren aber heute Abend noch, einverstanden?“, fragte Jenny.

„Abgemacht“, sagte Julia und war erleichtert, dass die Freundinnen nicht sauer waren.

„Jeder auf seinen Platz!“, rief Oliver. Es war Zeit, wieder an die Arbeit zu gehen.

5

„Wohin sollen wir als Erstes gehen?“, fragte Laura, als sie mit Jenny in der Eisdiele saß.

Doch Jenny war mit ihren Gedanken ganz woanders. Sie dachte an Julia und die Dreharbeiten. „War Julia nicht einfach toll?“, fragte sie. „Sie hat alles genauso hingekriegt, wie es der Regisseur wollte, und ich fand, dass Pepper richtig klasse war. Irgendwie sah alles total cool und profimäßig aus, nicht?“

„Ja, schon“, gab Laura zu. „Ich finde es nur nicht in Ordnung, dass Pepper so lange arbeiten muss. Immerhin ist er nicht mehr der Jüngste.“ Es war typisch für Laura, dass sie nur daran dachte, wie lange Pepper arbeiten musste, aber keinen Gedanken an Julia und Skye verschwendete, die schon genauso lange auf den Beinen waren.

„Aber er wird doch nur hin- und hergeführt“, wandte Jenny ein.

„Ja, aber überleg mal, wie oft Skye aufgestiegen ist. Das ist sicher auch ziemlich anstrengend für ein Pferd.“

„Für Skye ist es auch kein Kinderspiel", betonte Jenny.

„Klar, aber dem Pferd bezahlt keiner einen Haufen Geld. Außerdem kann es sich auch nicht beschweren, wenn ihm etwas nicht passt."

„Ich kenne aber auch einige Pferde, die ganz deutlich zeigen, wenn sie keine Lust mehr haben. Denk doch nur an die, die zum Stall rasen, wenn die Reitstunde vorbei ist."

Jenny hatte Recht. Zum Stall hin liefen alle Pferde schneller.

„Da wir gerade davon sprechen, irgendwohin zu rasen: Wohin sollen wir denn nun zuerst gehen? Wir müssen unbedingt für die Party einkaufen", sagte Laura und kam damit wieder zu ihrem ursprünglichen Thema zurück.

„Ich habe in der Zeitung gelesen, dass bei Marie ein Ausverkauf stattfindet", berichtete Jenny.

„Bei Marie gibt es nur Damenklamotten", sagte Laura. „Sollen wir meinem Vater vielleicht ein Kleid zum Geburtstag schenken? Ich fürchte, dass seine Freunde vom Stützpunkt ihn damit aufziehen würden."

„Nein, nein", wehrte Jenny lachend ab. „Ich meinte ja nur – weil wir gerade hier sind. Wir könnten etwas für uns kaufen, vielleicht ein Kleid für die Party."

Laura nahm einen Löffel von ihrem Eis. „Ich dachte mehr daran, Teller oder so etwas zu kaufen."

„Teller?“, wiederholte Jenny und war so überrascht, dass ihr der Löffel aus der Hand fiel. „Was willst du denn mit Tellern?“

„Man kann zum Beispiel davon essen“, bemerkte Laura spitz.

„Habt ihr nicht schon welche zu Hause? Also, soweit ich mich erinnern kann, hattet ihr welche, als ich das letzte Mal bei euch gegessen habe. Hast du die alle geschrottet?“

„Quatsch“, entgegnete Laura. „Aber findest du nicht, dass Pappteller für eine Party besser wären?“

„Hey, stimmt eigentlich!“, sagte Jenny. „Dann brauchen wir nicht so viel abzuwaschen. Geniale Idee!“

„Aber was machen wir sonst?“, fragte Laura. „Ich meine, wir brauchen doch auch etwas zu essen und zu trinken?“

„Auf den meisten Partys gibt es so etwas“, stimmte Jenny grinsend zu. „Das Problem ist nur, dass ich keine Ahnung habe, was wir machen sollen – und wie viel davon. Vielleicht könnten wir irgendwo was bestellen. Weißt du, wie viele Leute kommen?“

Laura schüttelte bedauernd den Kopf. „Wir haben die Einladungen schon vor so langer Zeit verschickt. Einige Leute haben mich zwar angerufen oder mir gesagt, dass sie kommen werden, aber ich weiß nicht mehr, wie viele es waren.“

„Wir sind schon ein tolles Partyteam", stöhnte Jenny. „Wir müssen uns unbedingt was einfallen lassen. Etwas, das gut ankommt, aber nicht so viel Arbeit macht!"

„Richtig! Das Problem ist nur, dass Julia die Einzige ist, die so etwas kann, aber sie ist mit Skye und dem Film beschäftigt."

Jenny stützte die Ellenbogen auf den Tisch und dachte angestrengt nach. Laura hatte Recht: Julia war wirklich ein Organisationstalent. Sie wusste immer, *was* zu tun war. Jenny dagegen hatte immer die besten Ideen, *wie* man etwas machte. Ohne Julia kam sie sich irgendwie verloren vor.

„Dieser blöde Film", seufzte sie. „Er ruiniert uns die Party."

„Na, jetzt übertreibst du aber!", widersprach Laura. „Er macht es uns nur schwerer. Aber davon abgesehen gönne ich Julia diese Rolle. Auch wenn wir sie vermissen, ist das für sie doch *die* Chance!"

„Ich weiß, ich weiß", murmelte Jenny. „Ich fände es nur schöner, wenn ..."

„Ja, ich auch", seufzte Laura.

„Aber wir können es nicht ändern. Wir müssen uns allein an die Arbeit machen. Ich finde, als Erstes sollten wir eine Liste aufstellen."

Das hörte sich nach einer guten Idee an, bis die beiden feststellten, dass sie weder einen Stift noch Papier dabei hatten. Glücklicherweise lieh die Kellnerin ihnen einen Bestellblock und einen fast leeren Kugelschreiber. Das war wenigstens ein Anfang.

Sie gingen dann doch als Erstes zu Marie, wo tatsächlich ein Ausverkauf stattfand. Die beiden hatten zwar nicht genug Geld dabei, um etwas zu kaufen, nicht einmal zu den ermäßigten Preisen, aber sie probierten trotzdem verschiedene Stücke an.

„Ist dieses Oberteil nicht irre?", fragte Laura und drehte sich vor einem Spiegel.

„Wow! Echt scharf! Es würde toll zu deinem grünen Rock passen. Du könntest es für die Party anziehen. Dein Vater wäre bestimmt begeistert!"

„Ach ja, die Party", seufzte Laura, der wieder einfiel, warum sie überhaupt ins Einkaufszentrum gekommen waren. „Ich glaube, wir sollten lieber gehen, meinst du nicht?"

Nur ungern verließen die Mädchen den Laden. Sie kamen aber nicht weit, denn schon der nächste Laden fesselte ihre Aufmerksamkeit. Dort gab es viele bunte Scherzartikel – Jenny war im siebten Himmel. In jeder Ecke standen und lagen Dinge, die merkwürdige Geräusche von sich gaben oder unerwartet aus ihren Schachteln hüpften. Es gab sogar eine batteriebetriebene, täuschend echt aussehende Hand, die ihnen zuwinkte.

„Ihh, wie abartig!“ Laura schüttelte sich.

„Dein Vater wäre begeistert davon!“, stellte Jenny fest.

„Das glaube ich auch“, sagte Laura. „Aber wir sind nicht hier, um ihm ein Geschenk zu kaufen. Wir sind hier, um für die Party einzukaufen, und ich glaube nicht, dass diese Gummihand der Renner sein wird.“

„Okay, okay! Versuchen wir es woanders.“

In den nächsten anderthalb Stunden klapperten die Mädchen ein Geschäft nach dem anderen ab. Sie schauten sich alles genau an und nahmen sogar die Angebote der Herrenausstatter unter die Lupe. Sie fanden jedoch nichts, das sie für die Party gebrauchen konnten.

Alle paar Minuten holte Jenny die mittlerweile schon ziemlich zerknitterte „Liste“ hervor. Das brachte sie aber auch nicht weiter, denn darauf stand nur „Partybedarf“ und „Teller“ – mehr war ihnen nicht eingefallen.

Jenny schaute auf die Uhr. Ihnen blieben nur noch zehn Minuten, bis sie sich auf dem Parkdeck mit Lauras Vater treffen würden. „Ich weiß, wo's Pappteller gibt!“, rief Jenny. „In der Schreibwarenabteilung.“ Sie packte Lauras Hand, sagte „Komm mit!“, und zog sie hinter sich her.

Die beiden hasteten durch die Kosmetikabteilung,

vorbei an Seidenstrümpfen, Lockenwicklern, Haarspangen und Halstüchern, bis sie in die Schreibwarenabteilung kamen.

„Da sind sie!“, trompetete Jenny. Vor ihnen türmten sich Unmengen von Papptellern auf, und einen Augenblick lang sah es so aus, als könnten sie jetzt endlich etwas für die Geburtstagsparty kaufen. Bei näherem Hinsehen bemerkten die beiden jedoch, dass alle Teller mit unterschiedlichen Comic-Figuren bedruckt waren.

„Das passt irgendwie nicht zu meinem Vater“, stellte Laura enttäuscht fest.

„Aber hat dein Vater nicht neulich erst gesagt, wie gut ihm Michelangelo gefällt?“, fragte Jenny, in der verzweifelten Hoffnung, wenigstens *etwas* für die Party kaufen zu können.

„Er meinte damit aber einen anderen Michelangelo“, gab Laura zurück. „Der, den mein Vater meinte, war ein Bildhauer und Maler – keine Schildkröte.“

„Ach so! Ich fürchte nur, dass wir keine Pappteller finden werden, auf denen die Sixtinische Kapelle abgebildet ist. Also vergessen wir das Ganze. Wir müssen uns jetzt sowieso beeilen.“

Laura sah auf die Uhr und nickte. „Viel haben wir beide ja nicht erreicht!“

„Nein, wirklich nicht“, bestätigte Jenny. „Aber es war trotzdem lustig – wir können ja noch einen Versuch starten. Vielleicht kann Julia ja beim nächsten Mal mitkommen."

„Na hoffentlich", brummte Laura und öffnete die Tür zum Parkdeck. „Es mag ja sein, dass Hollywood Julia braucht, aber wir brauchen sie noch viel dringender!"

Oberst Hanson hupte, um die Mädchen auf sich aufmerksam zu machen. Sie rannten zu seinem Wagen und setzten sich beide auf den Rücksitz.

„Ah, ihr wollt wohl, dass ich mir vorkomme wie ein Chauffeur", alberte er. „Wohin darf ich die Damen bringen?"

„Nach Hause, James", befahl Jenny.

Der Oberst wendete den Wagen und schlug den Weg nach Willow Creek ein. „Und nun erzählt mal", sagte er über die Schulter zu den Mädchen auf dem Rücksitz. „Was habt ihr beide im Einkaufszentrum gemacht?"

„Nichts", antworteten sie fast gleichzeitig, und beiden war klar, dass das leider nur allzu wahr war.

6

Skye und Julia saßen auf dem Koppelzaun und sahen zu, wie Samson übermütig hin und her rannte. Sie unterhielten sich, während Oliver und die anderen Mitglieder des Teams entschieden, ob das Tageslicht noch für weitere Aufnahmen reichen würde.

„Als du neulich angerufen hast, war ich auch gerade hier", sagte Julia. „Ich habe zusammen mit Jenny und Laura versucht, Samson an die Trense zu gewöhnen. Begeistert ist er davon zwar immer noch nicht, aber das wird schon noch werden."

„Ihr drei habt immer viel Spaß miteinander, nicht wahr?", fragte Skye plötzlich.

„Na klar", antwortete Julia etwas überrascht. „Wir machen alles zusammen – oder zumindest alles, was unsere Eltern erlauben. Was unternimmst du denn so mit deinen Freunden?"

„Nicht viel", sagte Skye. Es war ihm offensichtlich peinlich, das zuzugeben. „Wenn man es genau nimmt, habe ich kaum Freunde. Die meiste Zeit arbeite ich, und das bedeutet, dass ich nicht auf eine normale Schule gehen kann. Den anderen Jugendlichen, mit denen ich zusammenarbeite, geht es ähnlich, das heißt, uns bleibt nicht viel Zeit, um Spaß zu haben."

„Und was ist mit den Wochenenden und den Ferien?", fragte Julia.

„Klar, ich habe immer mal wieder frei, aber es ist schwer für mich, einfach auszugehen und ganz normale Dinge zu tun. Wo immer ich auftauche, stürzen sich die Leute auf mich. Sie meinen es gar nicht böse. Die meisten von ihnen glauben mich zu kennen, weil sie mich in einem meiner Filme gesehen haben, doch sie kennen mich gar nicht wirklich, sondern nur die Person, die ich in dem Film dargestellt habe."

„Macht dich das nicht wütend?", fragte Julia, als ihr bewusst wurde, wie wenig Freiheiten Skye eigentlich hatte.

„Nein, jetzt nicht mehr. Manchmal würde ich natürlich schon liebend gern einfach losgehen und tun, was ich will ..." Skye zuckte enttäuscht mit den Schultern.

„Aber Filme zu drehen ist doch viel interessanter, als das, was andere Jugendliche den ganzen Tag machen. Glaub mir, meine Nachmittage sind manchmal ganz schön langweilig!", rief Julia aus.

„Ach, ein bisschen Langeweile kann ganz lustig sein", sagte Skye. „Heute Abend zum Beispiel werde ich mit meinem Onkel ins Hotel zurückfahren, wir werden uns etwas zu essen kommen lassen, dann werde ich den Text für morgen lernen, vielleicht ein bisschen fernsehen und dann schlafen gehen."

„Möchtest du vielleicht etwas noch Langweiligeres machen?", fragte Julia.

„Irgendwelche Vorschläge?"

„Nun, ich könnte dir Willow Creek zeigen. Das ist mit Sicherheit todlangweilig!"

„Ja, klar, ich bin dabei!", antwortete Skye, und Julia konnte kaum glauben, wie aufgeregt er auf einmal war.

Wenige Minuten später verkündete Oliver, dass die Dreharbeiten für diesen Tag beendet seien. Julia ging zum Wohnmobil der Maskenbildnerin, um ihr Make-up entfernen zu lassen. Skye hatte versprochen, vor dem Stall auf sie zu warten, doch es dauerte fast eine halbe Stunde, bis er endlich kam. Er entschuldigte sich bei ihr und erklärte, dass er die Erlaubnis von drei verschiedenen Leuten hatte einholen müssen, nur um mit ihr eine kleine Besichtigungstour durch Willow Creek machen zu können. Schließlich hatten aber alle zugestimmt, und das war die Hauptsache.

Gemeinsam gingen sie los.

„Jede Führung beginnt mit dem Ort, ohne den Willow Creek undenkbar wäre", erklärte Julia. „Bei diesem geheimnisvollen Ort handelt es sich um unsere Eisdiele, und ich werde dir zur Feier des Tages eine Portion Eis spendieren."

Die beiden schlenderten auf das Einkaufszentrum zu, in dem sich auch die Eisdiele befand.

„Wo wollten Jenny und Laura eigentlich heute Nachmittag hin? Du hast ein bisschen enttäuscht ausgesehen, weil du nicht mit ihnen gehen konntest."

„Das hast du gemerkt?", fragte Julia erstaunt. „Ja, ich war wirklich enttäuscht, obwohl wir nichts wirklich Wichtiges vorhatten. Wir wollten ins Einkaufszentrum, um ein paar Dinge für die Party zu besorgen, mit der wir Lauras Vater zu seinem vierzigsten Geburtstag überraschen wollen."

Skyes Augen leuchteten auf. „Das klingt toll! Ich wette, da wird er begeistert sein."

„Ja, das denke ich auch, selbst wenn uns nichts Besonderes für die Party einfällt."

Plötzlich kam Julia eine Idee. „Warst du nicht schon öfter auf diesen Hollywoodpartys, bei denen die Gastgeber immer solche geniale Ideen haben, die hinterher in den Zeitschriften stehen? Hast du vielleicht ein paar Vorschläge für uns?"

„Lass mich mal überlegen", sagte Skye nachdenklich. „Also, ich war letztes Jahr auf einer Party, bei der jemand seinen Swimmingpool mit Champagner hatte füllen lassen ..."

„Ihh, das klebt sicher überall, darin kann man doch nicht schwimmen!“, rief Julia entgeistert.

„Stimmt genau“, sagte Skye. „Ich fand die Party auch richtig schrecklich, aber die Swimmingpool-Aktion war *das* Thema für die Presse. Dann war da noch ’ne Party, bei der der Gastgeber alle Gäste in einem Privatjet in seine Berghütte in den Rocky Mountains fliegen ließ ...“

„Ich fürchte, das können wir uns nicht leisten“, bemerkte Julia kläglich.

„Es war auch eigentlich ziemlich blöd“, gab Skye zu. „Die meisten Gäste waren so damit beschäftigt, cool und elegant auszusehen, dass sie sich gar nicht richtig amüsieren konnten. Es war furchtbar. Außerdem musste ich da mit meiner derzeitigen Filmpartnerin hin, und das war vielleicht eine blöde Kuh, kann ich dir sagen.“

„Heißt das also, dass es auf diesen schicken Hollywood-Partys überhaupt nicht lustig zugeht?“, fragte Julia ernüchtert.

„Ja, oft sind sie total übertrieben aufgemacht und die Leute benehmen sich furchtbar gekünstelt. Klar, manche Partys sind auch ganz nett, aber ehrlich gesagt, haben mir die Geburtstagsfeiern früher, als ich noch kein Schauspieler war, besser gefallen. Da gab es immer Spiele, Luftballons, und vor allem Zauberer. Ich finde, ein guter Zauberer gehört einfach dazu.“

„Glaubst du wirklich, dass das auch für einen Mann

mit vierzig das Richtige ist? Außerdem ist so ein Zauberer bestimmt schrecklich teuer. Wir wollten eigentlich nur ein paar Erfrischungen anbieten, etwas Schönes kochen, vielleicht einen leckeren Punsch mixen und ein paar Dekorationen aufhängen – mehr nicht. Glaub mir, Oberst Hanson ist ein richtig netter Kerl, und wenn wir es uns leisten könnten, würden wir ihn und seine Freunde nur allzu gern zu einer Berghütte in den Rocky Mountains fliegen."

Skye nickte und lächelte Julia an. Es war ein Lächeln, das Julia schon hundertmal auf der Leinwand gesehen hatte und bei dem die meisten Teenager – Julia eingeschlossen – weiche Knie bekamen. Wenn er aber so in natura neben ihr stand, hatte sein Lächeln nicht diese Wirkung auf sie. Von Angesicht zu Angesicht war es einfach nur das nette und warme Lächeln eines guten Freundes.

„Was du hier siehst", sagte sie und deutete mit einer ausladenden Handbewegung auf die Ansammlung von Geschäften, die vor ihnen lag, „ist das Einkaufszentrum von Willow Creek. Wie unschwer zu erkennen ist, haben wir hier zwei Schuhgeschäfte, einen Supermarkt, einen Schnapsladen, einen Juwelier und das Wichtigste: Die Eisdiele! Komm mit, ich lade dich ein!"

„Gern", sagte Skye und folgte ihr.

Es war nach sechs, und an den Tischen saßen nur

noch wenige Gäste. Julia führte Skye an den Lieblingstisch des Sattelclubs in der hintersten Ecke. Da kam Elsie Marshall, eine Schulfreundin von Julia, an ihren Tisch und begrüßte sie und Skye. Julia wollte ihr Skye vorstellen, doch Elsie wusste offensichtlich schon, wer er war.

„Du hast heute eine Geschichtsarbeit verpasst", sagte Elsie ohne den Blick von Skye zu wenden.

Julia runzelte die Stirn und ihr wurde klar, dass die Geschichtsarbeit Elsie nur als Vorwand gedient hatte, um mit ihnen ins Gespräch zu kommen. „Wir sind doch gar nicht im selben Geschichtskurs. Unser Kurs hat die Arbeit schon letzte Woche geschrieben", gab Julia betont freundlich zurück.

„Ach, ja? Na, dann bis bald", stammelte Elsie und wurde rot. „Es war nett, dich kennen zu lernen ... äh, Skye." Das letzte Wort hauchte sie fast und ergriff dann blitzartig die Flucht.

„Was ist bloß mit Elsie los?", überlegte Julia laut.

„Wird wohl an mir liegen", sagte Skye. „Manchmal habe ich diese Wirkung auf Leute, die sonst ganz normal sind."

„Und Elsie gehört zu den normalsten Leuten, die ich kenne. Die war ja wie umgewandelt. Na ja, egal. Was möchtest du haben? Das Eis hier ist echt spitze. Glaub mir. Ich habe jede einzelne Sorte probiert."

„Hallo, Julia“, sagte die Kellnerin. Julia hatte gar nicht gewusst, dass diese ihren Namen kannte. „Deine Freundinnen waren vorhin hier. Sie sahen ziemlich einsam aus ohne dich, aber ich sehe ja, dass du beschäftigt bist.“ Sie setzte ihr strahlendstes Lächeln auf. So hatte Julia sie noch nie erlebt, denn normalerweise war sie eher unfreundlich. „Was darf es sein?“

„Vanilleeis mit heißer Karamellsoße“, bestellte Julia.

„Für mich bitte auch“, fügte Skye hinzu.

„Für gute Kunden gibt es Walnüsse oder Mandeln heute umsonst“, sagte die Kellnerin. „Dasselbe gilt für die Maraschino-Kirschen.“

„Mandeln, bitte, keine Kirschen“, sagte Skye.

Die Kellnerin machte sich eine Notiz und war schon verschwunden, bevor Julia irgendwas zu ihrem Eis bestellen konnte.

„Allmählich erkenne ich dein Problem“, murmelte Julia, als die Kellnerin davoneilte.

„Das Schlimme ist nur, dass es auch dein Problem wird, wenn du mit mir zusammen bist.“

„Das stört mich nicht. Ich finde es nur unmöglich, wie sich manche Leute aufführen, wenn sie jemanden treffen, der berühmt ist.“

„Du warst nie so beeindruckt von mir, nicht wahr?“, fragte Skye.

„Doch natürlich war ich das“, gab Julia zurück. „Aber

vergiss nicht, als ich dich zum ersten Mal sah, warst du gerade vom Pferd gefallen."

„Wie könnte ich das vergessen?", fragte Skye. „Du warst mein Retter in der Not! Ohne dich hätte ich diesen Film nie und nimmer überstanden!"

„Hi, Julia!" Eine freundliche Stimme unterbrach ihre Unterhaltung. Julia schaute auf. Es war Melanie Winkler. Sie war eine Klassenkameradin von Julia und Elsies beste Freundin. Außerdem war sie eine Gesundheitsfanatikerin, die Eiskrem nie im Leben anrühren würde. Julia wusste sofort, dass sie nicht hierher gekommen war, um sich ein Eis zu kaufen.

Julia stellte sie Skye vor. Wie sich herausstellte, hatte Melanie all seine Filme gesehen, und wollte über alle mit ihm sprechen. Rein zufällig hatte sie auch ihr Lieblings-Skye-Ransom-Poster dabei. Mit zuckersüßem Lächeln fragte sie, ob er es wohl signieren würde?

Skye unterhielt sich eine Weile geduldig mit Melanie, setzte seinen Namen auf das Poster und wartete darauf, dass sie sich verabschiedete, doch sie machte keine Anstalten zu gehen. Und plötzlich kamen noch weitere Freundinnen von Elsie an den Tisch, die auch gerade ein Eis kaufen wollten. Zufälligerweise hatten auch alle etwas dabei, auf das Skye seine Unterschrift setzen sollte. Er seufzte zwar leise, tat ihnen aber den Gefallen. Plötzlich griff eines der Mädchen über den Tisch – Julia glaubte ihren Augen nicht zu trauen – und schnappte sich Skyes Eislöffel.

„Ich habe seine Fingerabdrücke!“, kreischte sie und rannte mit dem Löffel, den sie wie eine Siegestrophäe schwenkte, aus der Eisdiele.

„Ich glaube, wir sollten jetzt besser gehen“, sagte Julia. Skye nickte und die beiden standen auf.

„Ach, du willst ihn wohl für dich allein haben“, fauchte eines der Mädchen. „Wir sind dir wohl nicht mehr gut genug, jetzt, wo du beim Film bist!“

Dieser Vorwurf war so ungeheuerlich, dass Julia richtig wütend wurde. Schließlich war nicht sie diejenige, die keine Manieren hatte, sondern ihre Mitschülerinnen, und sobald das Filmteam wieder abgereist war, würde sie ihnen gehörig die Meinung sagen. Im Moment aber wollte sie nur eins – raus hier!

Hastig zog Julia ihre Geldbörse hervor und legte genug Geld auf den Tisch, um die beiden Eisbecher zu bezahlen, die noch fast unberührt dastanden. Dann stürmte sie mit Skye zur Tür, wo sie von sechs weiteren Mädchen empfangen wurden.

„Da ist er!“, kreischte eines von ihnen. Mädchen, die Julia bisher immer als Freundinnen betrachtet hatte, rannten wie von allen guten Geistern verlassen auf sie und Skye zu.

Julia geriet in Panik. Wie sollten sie aus diesem Schlamassel je wieder herauskommen? Wie hatte sie Skye nur in eine solche Lage bringen können? Wenn sie das Ganze bloß heil überstehen würden!

„Hier entlang!“, sagte Skye drängend und nahm ihre Hand. Die beiden bewegten sich schnell, fast im Laufschritt, die Stufen hinunter und durch die Tür – und wenig später sprang Julia hinter Skye auf den Rücksitz einer Limousine, die wie durch Zauberei plötzlich vor ihnen stand. Die Tür schlug zu und wurde augenblicklich verriegelt, sodass die beiden vor der Menschenmenge geschützt waren. Der schwere Wagen rollte majestätisch vom Parkplatz auf die Straße.

„Woher kommt der Wagen auf einmal?“, fragte Julia und sah sich neugierig um.

„Das war Olivers Bedingung“, erklärte Skye ein wenig verlegen. „Er sagte, wir dürften zusammen in die Stadt gehen, aber der Wagen müsste uns folgen, für den Fall, dass wir ihn brauchen sollten. Er hat geahnt, dass so etwas passieren würde.“

„Das ist aber nett von ihm“, sagte Julia.

„Das hat mit Nettigkeit nichts zu tun“, widersprach Skye. „Er kann es sich nur nicht leisten, dass mir etwas passiert. Jede Verzögerung des Drehplans kostet ihn ein Heidengeld.“

„Oh“, entfuhr es Julia. „Du lebst wohl in einer ziemlich verkehrten Welt.“

„Ja, das kann man wohl sagen. Deshalb bin ich auch so gern mit dir und deinen Freundinnen zusammen – äh, mit Laura und Jenny, wohlgemerkt – nicht mit dieser anderen Horde."

„Ich dachte immer, meine Freundinnen seien ziemlich normal", sagte Julia nachdenklich. „Aber als ich heute gesehen habe, wie Kathy sich deinen Löffel geschnappt hat, nur um deine Fingerabdrücke zu bekommen, kamen mir doch einige Zweifel!"

„Ich muss zugeben: Das war für mich auch neu. Sie hat mir damit einen ganz schönen Strich durch die Rechnung gemacht", sagte Skye grinsend. „Ich hatte doch vor, demnächst ein paar Banken und Wohnungen auszurauben, doch nun, da meine Fingerabdrücke allgemein bekannt sind …"

Die Limousine kam auf der Auffahrt von Julias Elternhaus zum Stehen.

„Wir sehen uns dann morgen", sagte Julia zu Skye. „Vielen Dank fürs Mitnehmen. Was heute passiert ist, tut mir wirklich Leid. Das habe ich nicht gewollt. Es war sicher furchtbar für dich …"

„Mach dir nichts draus", sagte Skye. „Es war zumindest einen Versuch wert."

Der Chauffeur hielt Julia die Tür auf und sie stieg aus. Drehplätze, Kostüme, spezieller Schulunterricht und Limousinen waren zwar ganz nett, aber zu Hause war es doch immer noch am schönsten. Als sie sich noch einmal umdrehte, um Skye zuzuwinken, war die Limousine schon verschwunden.

7

Julia beantwortete geduldig alle Fragen, die ihre Eltern ihr zu ihrem ersten Drehtag stellten, doch viel lieber hätte sie gleich Jenny angerufen. Eltern zu haben, war ja schön, und ihre waren besser als die meisten anderen, doch im Moment brauchte Julia eine Freundin viel dringender. Außerdem musste sie endlich wissen, was die beiden für die Party eingekauft hatten.

„Willst du damit sagen, dass du jeden, der dort arbeitet, dazu gebracht hast, dieses schmutzige, alte Hufeisen anzufassen?“, fragte ihre Mutter entsetzt.

„Klar! Und es hat funktioniert“, sagte Julia. „Es hat alle zum Lachen gebracht.“

„Und was hast du in dieser so genannten Schule gelernt?“, wollte ihr Vater wissen.

„Wir haben Erdbeben durchgenommen. Ich habe gelernt, wie man die Lage des Epizentrums bestimmt.“

„Über Erdbeben wissen die Kalifornier natürlich bestens Bescheid“, brummte ihr Vater. „Immerhin kann es ihnen passieren, dass ihr ganzer Staat ruckzuck durch ein Erdbeben im Pazifik verschwindet. Da wundert es mich gar nicht, dass ihr euch den ganzen Tag damit beschäftigt habt."

„Dad, die Lehrerin stammt aus Virginia, nicht aus Kalifornien. Außerdem haben wir noch eine Menge anderer Dinge gemacht. Ich habe zum Beispiel den Buchstabierwettbewerb gewonnen und in Mathe haben wir gelernt, wie man Quadratwurzeln zieht. Mein richtiger Mathelehrer hat uns das nie erklärt; er sagt immer, wir sollten dazu einen Taschenrechner nehmen."

„In diesem Fall muss ich deiner Aushilfslehrerin Recht geben", gab ihr Vater zu. „Du solltest zumindest den Rechenweg kennen, auch wenn du das Ergebnis später mit dem Taschenrechner überprüfst."

„Spielen in dem Film auch irgendwelche Stars mit?", fragte ihre Mutter.

„Ja, Skye Ransom", antwortete Julia. „Ich habe heute viel Zeit mit ihm verbracht."

„Nein, ich meine *echte* Stars", hakte ihre Mutter nach. Julia war klar, dass ihre Mutter erwachsene Stars meinte. Für sie war ein Teenager einfach kein Star – auch dann nicht, wenn er bereits Multimillionär war.

„Mom, Skye *ist* der Star dieses Films. Keiner der anderen Darsteller ist so berühmt wie er." Sie hatte die Fragerei satt und wollte endlich mit Jenny sprechen. „Aber jetzt muss ich meinen Text für morgen lernen.

Außerdem muss ich Hausaufgaben machen. Wir sehen uns dann nachher, okay?“

Bevor ihre Eltern noch etwas sagen konnten, war sie schon auf dem Weg in ihr Zimmer. Sie machte es sich auf dem Bett bequem und griff nach dem Telefon auf ihrem Nachttisch. Die Lehrerin hatte keine Hausaufgaben aufgegeben und ihren Text kannte sie längst auswendig. Julia war sich zwar nicht sicher, ob am nächsten Tag die „Ein hübscher Hund“- oder die „Ach!“-Szene an der Reihe war, aber sie war sich ziemlich sicher, dass sie diesen Text auch spontan auf die Reihe bekommen würde.

„Jenny? Hier ist Julia“, sagte sie, als Jenny sich meldete.

„Hey Julia! Schön, dass du anrufst. Wie war's? Erzähl mir alles, was du nicht sagen konntest, als Skye dabei war!“, forderte Jenny und sprudelte ihre Fragen in einer unglaublichen Geschwindigkeit heraus – das heißt, bei jedem anderen wäre sie unglaublich gewesen, für Jenny war sie ganz normal.

„Mir geht's gut. Es hat richtig Spaß gemacht, es war interessant und total aufregend. Ich erzähle dir alles, aber vorher muss ich dir noch sagen, dass es mir Leid tut, dass ich euch nicht begleiten konnte. Na, was habt ihr gemacht?“

Jenny war völlig perplex, dass sich Julia für ihre Erlebnisse im Einkaufszentrum interessierte. Es war ihr peinlich, dass sie so wenig erreicht hatten. „Ach, eigentlich nichts“, gab sie zögernd zu. „Aber nun erzähl mir von Skye und deinem Leben als Filmstar.“

Julia ignorierte Jennys Frage und hakte nach: „Habt ihr irgendwas für die Party gekauft? Ich habe gestern Abend eine Liste aufgestellt, die ich dir und Laura heute Nachmittag geben wollte. Ich dachte, sie könnte euch vielleicht helfen, aber am Drehort – ich meine in Pine Hollow – ging alles so drunter und drüber, dass ich es ganz vergessen habe. Habt ihr euch auch eine Liste gemacht?“

Jenny hatte zwar schon immer gewusst, dass Julia an alles dachte und ein Organisationstalent war, doch diesmal hatte sie sich selbst übertroffen. Es wunderte Jenny, dass Julia sich noch für die Party interessierte, obwohl sie doch den ganzen Tag mit Skye Ransom zusammen sein konnte.

„Ach komm, Julia! Du brauchst dir doch keine Gedanken um die Party zu machen. Kümmere dich lieber um deine Karriere. Das ist viel wichtiger als die paar Stunden, die Laura und ich im Einkaufszentrum verschwendet haben. Wir schaffen es auch ohne dich.“

Es verletzte Julia schon ein wenig, dass die Freundinnen sich auch ohne sie amüsieren konnten, aber sie sagte sich, dass es Jenny bestimmt nicht böse gemeint hatte.

Sie schluckte ihren Groll hinunter und begann zu erzählen. „Ich war mit Skye in der Eisdiele."

„Ja, das habe ich schon gehört", sagte Jenny. „Drei Leute haben mich angerufen und es mir erzählt. Es muss furchtbar gewesen sein!"

„Und ob!", bestätigte Julia. „Aber das Schlimmste war noch nicht einmal, dass sich Leute, von denen ich dachte, dass ich sie gut kenne, aufgeführt haben wie Idioten, sondern dass sie irgendwie dachten, dass ich mich jetzt für etwas Besseres halte." Und in einem ironischen Tonfall fuhr sie fort: „Besonders schrecklich finde ich es, dass gewisse Leute, die ich wirklich gut kenne, anscheinend genauso denken."

Jenny verstand die Anspielung sofort. „Soll das heißen, dass es dich wirklich interessiert, was wir im Einkaufszentrum gemacht haben?"

„Natürlich interessiert mich das. Ich will, dass die Party für Oberst Hanson perfekt wird. Ich habe euch versprochen, dabei zu helfen, und ich werde mein Versprechen halten. Also erzähl schon, was habt ihr gemacht?"

Jenny seufzte abgrundtief. „Nicht viel. Wir haben dich vermisst! Außerdem hätten wir deine Liste und dein Organisationstalent dringend gebraucht. Wir haben Kleider und Ohrringe anprobiert, uns ein paar CDs angehört und uns sogar ein paar Pappteller angesehen. Aber gekauft haben wir nichts. Ich habe absolut keine

Ahnung, wie wir bis Samstag eine Party auf die Beine stellen sollen."

„Jetzt fühle ich mich besser", stellte Julia fest.

„Weil wir dich vermisst haben?"

„Das auch. Aber vor allem, weil ihr jetzt noch einmal in die Stadt gehen müsst, und diesmal will ich unbedingt mitkommen."

„Super! Gemeinsam kriegen wir den Einkauf sicher gebacken!", rief Jenny erfreut.

„Apropos backen – was für einen Kuchen sollen wir für Lauras Vater fabrizieren?", fragte Julia.

„Was? Backen? Du meinst, wir sollten einen Kuchen *backen*? So richtig mit Teig und Ofen und so?"

Julia musste an einige Kochabenteuer denken, die sie mit Jenny und Laura schon erlebt hatte. Einmal klebte am Ende eine Riesenmenge Kuchenteig an der Scheibe von Jennys Küchenfenster und ein andermal waren Pfannkuchen entstanden, obwohl sie einen Rührkuchen hatten machen wollen. Sie hatten dabei immer Spaß gehabt, viel gelacht und noch mehr sauber machen müssen. Wenn es aber um den Geburtstagskuchen für Lauras Vater ging, sollten sie besser doch kein Risiko eingehen.

„Wie wäre es mit einer Eistorte aus der Eisdiele?", fragte Julia.

„Oder eine Mandeltorte vom Konditor", schlug Jenny vor.

Sie diskutierten eine ganze Weile lang ausführlich die Vor- und Nachteile der beiden Torten, bis ihnen schließlich das Wasser im Mund zusammenlief.

Irgendwie kamen sie dann vom Thema ab und quatschten über Pine Hollow und Julia erzählte Jenny jede Einzelheit ihres Drehtages – von Jeanette, der Maskenbildnerin, bis zu Jesses Erklärung von „Hals- und Beinbruch". Sie berichtete von der Schule, den ewigen Wiederholungen, der fehlerhaften Beleuchtung und dem Regisseur. Julia sprach so schnell, dass sich ihre Worte fast überschlugen, doch Jenny hörte aufmerksam zu.

„... und dann kam es zu diesem Zwischenfall in der Eisdiele", sagte Julia. „Das einzig Gute daran war unsere Flucht in der Limousine."

„Eine Limousine? Erzähl!"

Nachdem Julia Jenny jede Einzelheit ihres Tages geschildert hatte, fiel ihr ein, dass sie auch Laura anrufen musste, um ihr alles zu berichten. Als sie sich voneinander verabschiedeten, versprach Jenny, mit Laura einen neuen Einkaufsbummel zu verabreden. Sie würden nach der Schule nach Pine Hollow kommen und Julia abholen, wann immer Oliver sie gehen ließ.

Später, nachdem sie auch Laura über ihren Tag informiert hatte, machte es Julia sich auf ihrem Bett gemütlich, schaute an die Decke und genoss die Ruhe.

Sie überlegte, ob sie sich wohl verändert hatte, weil

sie nun mit Skye Ransom in einem Film mitspielte. Doch als sie über ihre beiden besten Freundinnen nachdachte, wurde ihr klar, dass sie für Jenny und Laura immer nur einfach Julia bleiben würde, was immer auch geschah – und das war ein schönes Gefühl.

8

„Na, warst du die ganze Nacht auf und hast deinen Text gelernt?“, spottete Skye, als sie sich einige Tage später frühmorgens bei der Maskenbildnerin trafen. Es war der letzte Drehtag. Einerseits war Julia traurig, dass diese Woche zu Ende ging, andererseits aber auch erleichtert.

„Ja, ich habe mich fast zu Tode gelernt“, gab Julia grinsend zurück. „War es ‚Ach!‘, oder war es ‚Ein hübscher Hund‘?“

„‚Ach!‘ und ‚Danke‘ waren gestern. Heute ist ‚Ein hübscher Hund‘ an der Reihe.“

„Hört sofort auf zu schwatzen, oder ich werde dein Gesicht grün schminken und dir schiefe Lippen verpassen“, drohte Jeanette.

„Pass bloß auf, Julia“, warnte Skye. „Sie hat jahrelang die Darsteller von Horrorfilmen geschminkt. Noch bevor du richtig gucken kannst, wird sie Haare auf deiner Nase wachsen lassen!“

Jeanette grinste boshaft. „Möchtest du sie gelockt haben oder lieber glatt?“

„Gelockt, bitte! Und außerdem hätte ich gern solche spitzen Ohren wie Mr Spock“, antwortete Julia übermütig.

„Mal sehen, was sich da tun lässt“, alberte Jeanette und bemühte sich, Julia so aussehen zu lassen wie am Tag zuvor.

Erst als sie schließlich ihr Handwerkszeug hinlegte um das Ergebnis ihrer Arbeit zu begutachten, wagte Julia wieder zu sprechen. „Wie kommt es eigentlich, dass ich erst heute deinen Hund bewundere – du weißt schon: ‚Ein hübscher Hund‘ –, obwohl ich ihn doch schon in der Szene gesehen habe, die wir am ersten Tag gedreht haben?“, fragte sie Skye. „Ich meine, hätte ich nicht eine Bemerkung über Mavericks Schönheit machen müssen, bevor ich zu dir sagte ‚Dein Pferd ist fertig, Gav‘?“

Skye lächelte. „Ich weiß, was du meinst. Aber denk dran, das hier ist ein Film. Jeder, der ihn sich später ansieht, sieht zuerst, wie du meinen Hund bewunderst, und erst danach, wie du mir mein Pferd bringst. Die Szenen werden nicht zwangsläufig in der Reihenfolge gedreht, wie sie nachher zu sehen sind. Man versucht, die Kosten so gering wie möglich zu halten und erledigt deshalb alle Aufnahmen, die an einem bestimmten Ort gemacht werden müssen, in einem Durchgang. Dabei wird auch geplant, wer für welche Szene gebraucht wird. Ich bin jetzt für zwei Wochen eingeplant und im nächsten Monat noch einmal für weitere zwei Wochen. Die Filmgesellschaft kann es sich nicht leisten, mich fürs Herumsitzen und In-die-Schule-Gehen zu bezahlen."

„Das ist aber interessant", stellte Julia fest. „Ich habe darüber bisher noch nie nachgedacht, aber es macht natürlich Sinn. Es ist fast so, als ..."

„Ruhig jetzt", mahnte Jeanette. „Jetzt wird das Gesicht gepudert, und ich rate dir, dabei still zu sein, wenn du nichts davon in den Mund bekommen willst."

Julia saß vollkommen still und betrachtete sich im Spiegel. Ihr fiel auf, dass Jeanette für jeden Darsteller eine Karteikarte angelegt hatte, damit sie immer genau wusste, wie sie die Schauspieler zu schminken hatte. Zur Herstellung eines Films gehörte sehr viel mehr, als der gewöhnliche Kinobesucher ahnte. Julia war froh, dass sie die Möglichkeit hatte, einen Blick hinter die Kulissen zu werfen.

An diesem Tag sollte eine Szene gedreht werden, in der Skye im Galopp auf den Stall zuritt und Maverick sollte dem Pferd folgen. Julias Aufgabe war es, aus dem Stall zu kommen, in die Zügel zu fassen und dann in die Hocke zu gehen und Maverick zu streicheln. Das war der Moment, in dem sie „Ein hübscher Hund" sagen musste.

Julia konnte sich mit dieser Szene nicht so richtig anfreunden, denn kein guter Reiter würde sich so verhalten, wie das Drehbuch es für Skye vorschrieb. Es war falsch, ein Pferd bis vor die Stalltür galoppieren zu lassen, denn ein erhitztes Pferd durfte nicht in den Stall. Um sich abzukühlen, musste es die letzten zehn bis fünfzehn Minuten im Schritt geritten werden. Das lernte hier jeder Reiter schon in der ersten Stunde.

Julia versuchte, einigen der Anwesenden diesen Sachverhalt zu erklären, doch sie stieß auf taube Ohren.

Doch schon bald stellte sich heraus, dass es ein noch größeres Problem gab – und dieses Problem war Skye. Laut Drehbuch sollte er aufgeregt und glücklich von seinem Ritt zurückkehren, doch sein Gesicht war vor Angst verzerrt.

Pepper hatte einen wundervollen Schaukelgalopp, doch wenn man Skye ansah, konnte man meinen, dass er Höllenqualen litt. Skye sah aus, als wäre der Tod höchstpersönlich hinter ihm her.

„Schnitt!“, rief Oliver. „Stimmt etwas nicht, Skye?“

„Nein“, wehrte Skye ab, aber es war eindeutig, dass wirklich etwas nicht stimmte.

„Ist das Pferd zu schnell für dich?“, fragte Oliver.

„Nein“, wiederholte er.

Julia spürte, dass ihn etwas beunruhigte, doch er war ein Profi und würde nie zulassen, dass seine Probleme die Dreharbeiten gefährdeten. „Versuchen wir es noch einmal“, rief er Oliver zu.

Oliver schickte die Darsteller zurück auf ihre Ausgangspositionen, und Julia nahm ihren Platz an der Stalltür wieder ein.

Der zweite Versuch war auch nicht besser als der erste. Das Problem war, dass Skye schlicht und einfach Angst hatte. Nachdem er Pepper zum Stehen gebracht und Oliver „Schnitt!“ gebrüllt hatte, versuchte Julia, Skye zu helfen. Sie nahm Peppers Zügel und begann auf das Pferd einzureden, doch in Wirklichkeit meinte sie Skye.

„Na komm schon, Junge, das schaffst du“, sagte sie. Sie klopfte Pepper den Hals und schob ihm eine Möhre zwischen die Lippen. „Du brauchst keine Angst zu haben. Das dort drüben ist nur eine große alte Kamera, die dich filmt, das tut nicht weh! Und nun mach meinem Freund Skye keine Angst, verstanden?“

„Okay, Julia“, antwortete Skye gereizt, als Oliver gerade zu den beiden trat. Julia kam sich plötzlich dumm und aufdringlich vor. Sie ging ein paar Schritte zurück, damit sich Skye und Oliver ungestört miteinander unterhalten konnten.

Maverick kam zu ihr und wedelte fröhlich mit dem Schwanz. Er war eine willkommene Ablenkung für sie.

Nach der Besprechung zwischen Skye und Oliver machte Skye einen neuen Versuch. Diesmal gelang es ihm tatsächlich zu lächeln und begeistert auszusehen, doch der Grund dafür war, dass Red O'Malley, der Futtermeister von Pine Hollow, versehentlich mit dem Pferdetransporter vor die Kamera gefahren war. Skye lachte und als Red merkte, was er getan hatte, fuhr er so schnell wie möglich wieder weg. Beim nächsten Versuch wurde Maverick von einer der Stallkatzen abgelenkt. Und danach verlor Pepper ein Hufeisen. Zufällig war der Schmied gerade im Stall und konnte das Eisen gleich wieder anbringen. Pepper und Skye kehrten auf ihren Ausgangspunkt zurück, doch das Pferd hatte die ewigen Wiederholungen wohl endgültig satt. Als Skye ihm das Signal zum Angaloppieren gab, raste er zum Stall zurück wie ein Rennpferd. In Skyes Gesicht spiegelte sich alles andere als Glück und Begeisterung.

„Schnitt!“, rief Oliver entnervt. „So geht das nicht, Skye“, sagte er ernst und hielt die Zügel fest. „Stimmt etwas nicht mit dem Pferd?“

Skye zuckte mit den Schultern und sah Julia fragend an.

„Vielleicht hat er nur keine Lust mehr“, überlegte Julia. „Gib ihn mir für ein paar Minuten – vielleicht beruhigt er sich dann wieder.“

Julia wusste, dass Pferde ebenso ihre Launen hatten wie Menschen, und dass sie manchmal auch ärgerlich und gereizt waren, wenn etwas nicht klappte. Sie stieg in den Sattel und ritt im Schritt an. Sie spürte sofort, dass er schlechte Laune hatte, denn er bewegte sich zögernd und unwillig. Es sah fast so aus, als wollte er es auf einen

Streit ankommen lassen. Sie gab ihm die Hilfen zum Antraben – keine Reaktion. Sie versuchte es wieder, doch Pepper blieb stur. Kein Wunder, dass Skye nicht mit ihm zurechtgekommen war! Pepper hatte sofort gemerkt, dass sein Reiter sich nicht durchsetzen konnte. Es war wirklich schwer, glücklich und begeistert auszusehen, wenn das Pferd mit einem machte, was es wollte. Julia berührte Peppers Hinterhand mit der Gerte. Er blieb im Schritt. Sie versetzte ihm einen härteren Schlag und er wechselte in einen holprigen Trab.

Die Gerte war nicht dazu gedacht, einem Pferd Schmerzen zuzufügen, und Julia hatte Pepper mit dem Hieb nicht wehgetan. Die Gerte sollte ihn nur daran erinnern, wer der Boss war. Sie versetzte ihm noch einen leichten Schlag, der ihm endgültig klar machte, was sie von ihm wollte. Julia ritt ihn noch fünf Minuten und wechselte häufig Gangart und Richtung. Schon bald reagierte er wieder so auf ihre Schenkel- und Gewichtshilfen, wie sie es von ihm gewohnt war.

„Ich glaube, jetzt geht's besser", sagte Julia zu Skye und Oliver. „Ich musste ihm nur seine Launen austreiben." Sie saß ab und hielt Pepper am Zügel.

„Bist du sicher, dass du ihm *all* seine Launen ausgetrieben hast?", fragte Skye unsicher. „Ich bin bisher nicht gerade gut mit ihm zurechtgekommen."

„Das habe ich gemerkt", sagte Oliver grob. „Und

außerdem haben wir Filmmaterial im Wert von mehreren tausend Dollar, um es zu beweisen. Wenn wir heute nicht mehr fertig werden, müssen wir morgen noch einmal ran. Und dir ist schon klar, dass wir eigentlich heute Abend abreisen wollten. Also los Skye, auf ein Neues!"

Skye wusste selbst, wie viel Geld sein Versagen bereits gekostet hatte. Julia sah, wie er bei Olivers Strafpredigt das Gesicht verzog. Er ging auf Pepper zu und in seinem Gesicht spiegelte sich grimmige Entschlossenheit.

„Attacke!", knurrte er und versuchte, tapfer auszusehen. Er übernahm die Zügel von Julia, packte den Sattel, setzte den linken Fuß in den Steigbügel und stieß sich mit dem rechten Fuß vom Boden ab.

Pepper hatte von seinem Reiter genug und machte ein paar Schritte nach vorne. Julia griff hastig nach der Trense und brachte Pepper zum Stehen, bevor er den Star des Films in einem Steigbügel hinter sich herschleifen konnte. Skyes Fuß rutschte aus dem Steigbügel, seine Hände glitten vom Sattel ab und er plumpste neben Pepper auf den Boden. Wütend funkelte er das Pferd an.

Julia spürte, wie gereizt Skye und Oliver waren, und hatte ein schlechtes Gewissen. Schließlich hielten sie alle für Skyes Reitlehrerin. Außerdem hatte sie versprochen, dass Pepper sich benehmen würde. Es konnte nicht mehr lange dauern, bis Skye Pepper anschreien würde, und auch Oliver sah nicht gerade aus, als ob er sich noch lange beherrschen könnte. Julia war verzweifelt. Wenn ihr doch irgendwas einfallen würde, was die Situation entspannen würde.

Ihr kam schließlich der Zufall zu Hilfe. Ein kalter Wind kam auf und dicke graue Wolken ballten sich am Himmel zusammen. Mit dem zweiten Windstoß fielen die ersten Regentropfen und es begann, wie aus Kübeln zu schütten.

Die Kameraleute bedeckten ihre Ausrüstung mit Planen und alle anderen Mitarbeiter retteten sich ins Trockene.

Julia brachte Pepper in den Stall. Er sah unruhig in den Regen hinaus, und Julia wurde klar, dass seine schlechte Laune vermutlich mit dem Wetterumschwung zu tun hatte.

Das gesamte Team sah etwa zehn Minuten lang dem sintflutartigen Regen zu, bis Oliver endlich sagte, was alle dachten: „Das hört so bald nicht auf. Wir ändern den Plan und ziehen eine der Innenaufnahmen mit einigen Nebendarstellern vor. Ihr beide“, sagte er zu Julia und Skye, „geht jetzt erst einmal zum Unterricht. Wenn der Regen bald aufhört, wiederholen wir eure Szene nachher noch einmal. Wenn nicht, drehen wir sie morgen.“

Skye wirkte erleichtert und machte sich augenblicklich auf den Weg in das behelfsmäßige Klassenzimmer.

Julia brachte Pepper in seine Box und sattelte ihn ab. Sie wusste zwar nicht genau, ob es auch zu ihren Pflichten als Schauspielerin gehörte, das Pferd abzusatteln, doch sie konnte sich lebhaft vorstellen, wie Max reagieren würde, wenn sie Pepper vernachlässigte.

Es dauerte nicht lange, und als sie ins Klassenzimmer kam, hatten die anderen gerade angefangen, eine Geschichtsarbeit zu schreiben. Das Thema war Woodrow Wilson, sein Vierzehn-Punkte-Plan und das Ende des Ersten Weltkrieges. Das hatte Julia erst im letzten Halbjahr durchgenommen und diese Woche mit Sabrina wiederholt. Sie nahm Stift und Papier zur Hand und beantwortete die Fragen in wenigen Minuten, und auch Skye war schnell fertig. Nur Alicia und Jesse schrieben noch fleißig. Die Lehrerin gab Skye und Julia ein Zeichen, sich zurückzuziehen, und so gingen sie in die Sattelkammer, um die beiden anderen nicht zu stören.

„Puh“, seufzte Skye und setzte sich auf eine Trittleiter.

Julia war sich nicht sicher, ob sich sein Stoßseufzer auf die Geschichtsarbeit oder auf den Regen bezog. Sie sah auf ihre Uhr. Es war schon früher Nachmittag, und sie fürchtete, dass Oliver sie wieder lange arbeiten lassen würde, wenn der Regen tatsächlich aufhörte. Heute war jedoch ihre letzte Chance, mit Jenny und Laura einkaufen zu gehen. Es würde sie nicht stören, am Samstagvormittag zu arbeiten, auch wenn das der Tag der Geburtstagsfeier war, aber sie wollte auf keinen Fall schon wieder den Einkauf verpassen. Sie schaute aus dem Fenster und stellte erleichtert fest, dass es immer noch wie aus Kübeln schüttete.

„Sehr gut“, sagte sie leise, aber Skye hatte es doch gehört.

„Ganz meine Meinung“, murmelte Skye. „Du bist zu Recht sauer auf mich.“

„Ich bin doch nicht sauer auf dich“, widersprach Julia. „Ich bin nur froh, dass es immer noch regnet, weil ich heute gerne pünktlich gehen möchte.“

„Was hast du denn vor?“

Julia erzählte ihm von ihren Gesprächen mit Jenny und Laura, und davon, dass sie unbedingt für die Party einkaufen mussten.

„Je früher wir loskommen, desto besser ist es natürlich“, erklärte sie ihm.

„So etwas macht dir wirklich Spaß, nicht wahr?“, fragte Skye.

„Mir macht alles Spaß, wenn Jenny und Laura dabei sind.“

Skye nickte bedrückt. „Kann ich mir vorstellen.“ Er hörte sich ausgesprochen neidisch an.

„Willst du nicht mitkommen?“, fragte sie. „Jenny und Laura würden ausflippen vor Freude.“

„Wollen schon“, seufzte Skye. „Aber hast du unseren Ausflug in die Eisdiele schon vergessen? Dasselbe könnte wieder passieren – oder Schlimmeres.“

„Ach ja“, sagte Julia, der dieser Albtraum noch lebhaft in Erinnerung war. Sie lehnte sich zurück und dachte nach. Wenn man Skye doch nur irgendwie tarnen könnte. Plötzlich kam ihr eine Idee. Eigentlich dürfte es doch kein Problem sein, eine perfekte Tarnung zu entwerfen, denn schließlich gab es hier doch professionelle Visagisten. Wenn Jeanette Haare auf Nasen machen konnte, war es sicher auch kein Problem für sie …

„Was ist los? Woran denkst du?“, fragte Skye.

„Warum fragst du?“

„Du siehst irgendwie aus wie Jenny, wenn sie eine tolle Idee hat.“

Julia kicherte. „Echt? Na ja, vielleicht liegt es daran, dass ich tatsächlich eine Idee hatte, die fast von Jenny sein könnte.“

„Was für eine Idee? Leg los!“

„Ich habe mir gerade überlegt, wie wir dich ins Einkaufszentrum mitnehmen können, ohne dass es jemandem auffällt.“ Sie lächelte geheimnisvoll und stand auf. „Los, komm, wir gehen zu Jeanette.“

„Das habe ich schon einmal versucht“, sagte Skye, der jetzt wusste, worauf sie hinauswollte. „Aber es hat nicht funktioniert.“

„Wart's ab – die Sattelclub-Variante funktioniert garantiert!", verkündete Julia.

Zwei Stunden später waren Skye und die Mädchen startbereit. Oliver hatte die Dreharbeiten abgesagt, weil es immer noch ununterbrochen regnete.

Eine struppige blonde Perücke verbarg Skyes glattes hellbraunes Haar und farbige Kontaktlinsen machten seine strahlend blauen Augen dunkelbraun. Einige kräftige Striche mit Schminkstift und -pinsel hatten sein berühmtes, gut aussehendes Gesicht in etwas verwandelt, das aussah, als wäre es gerade von einem LKW angefahren worden.

„Wollt ihr euch echt *so* in der Öffentlichkeit mit mir sehen lassen?", fragte Skye und betrachtete sich zweifelnd im Spiegel.

„Lieber in der Öffentlichkeit als privat", gab Julia frech zurück. „Du siehst eindeutig nicht wie ein Filmstar aus. Anstatt uns nachzulaufen, werden die Leute uns aus dem Weg gehen."

„He, seht euch mal dieses T-Shirt an!", rief Jenny und kam atemlos aus dem Garderobenwagen gestürmt. Laura war ihr dicht auf den Fersen und hatte eine zerfetzte Jeans und ein paar Arbeitsstiefel in den Händen.

Jenny breitete das T-Shirt vor ihnen aus, damit sie es alle bewundern konnten. Darauf stand:

DIE KAMMERJÄGER
Wir machen dem Ungeziefer den Garaus!

„Wir werden das ganze Einkaufszentrum für uns allein haben!“, kicherte Jenny, als ihr neu erfundener Freund „Gavin“ sich das T-Shirt vorsichtig über den Kopf streifte, um sein Make-up nicht zu beschädigen.

9

„Wohin gehen wir zuerst?“, fragte Skye die Mädchen, als sie die Einkaufspassage betraten. Seine Stimme klang etwas undeutlich, weil er einen großen Kaugummi im Mund hatte – das war Jennys abschließender Beitrag zu seiner „Tarnung“ gewesen. Skye fabrizierte eine riesige Kaugummiblase. Eine Frau hastete an ihm vorbei, als hätte sie Angst, sich bei ihm mit irgendwas anzustecken.

„Wohin du willst“, antwortete Jenny.

„Dann möchte ich gern in eine Pizzeria“, verkündete Skye. „Ich habe schon ewig keine Pizza mehr gegessen.“

„Hier entlang“, sagte Laura. „Die Pizzeria ist ganz hinten.“

Die vier schlenderten an den verschiedenen Geschäften vorbei und blieben ab und zu stehen, um ein paar T-Shirts anzusehen, die nicht ganz so scheußlich waren wie das ihres Freundes „Gavin“.

„He, das hier ist doch stark“, sagte Jenny und reichte Skye ein riesiges T-Shirt, das in allen Regenbogenfarben bedruckt war.

Zu Jennys Überraschung kaufte Skye das hässliche Ding.

„Man weiß nie, wozu man so was mal brauchen kann“, sagte er und klemmte sich die Tüte unter den Arm. Dann gingen sie weiter in Richtung Pizzeria.

Die vier waren sich recht schnell einig, was sie alles auf ihrer Pizza haben wollten.

„Bitte eine doppelte Portion Käse und Pepperoni“, begann Skye. „Und dann möchten wir auf einer Hälfte Pilze und auf der anderen Schinken, der aber die Pilze zu fünfzig Prozent überdecken sollte. Und auf dem Viertel, das nur mit Pilzen belegt ist, hätten wir gern noch Artischocken. Haben Sie das notiert?“

Die Kellnerin starrte ihn an. Ihre Augen schienen ihn geradezu zu durchbohren – und seine Tarnung gleich mit zu durchschauen. Die Mädchen waren sicher, dass sie seine Stimme erkannt hatte. Jenny rutschte tiefer in ihren Sitz, Julia versuchte, Skye eine Speisekarte in die Hand zu drücken, hinter der er sich verstecken konnte und Laura starrte auf eine Karte von Italien, die hinter ihrem Tisch an der Wand klebte. Skye aber war vollkommen locker und erwiderte den Blick der Kellnerin ungerührt.

Sie holte tief Luft. „Du kriegst sie so, wie wir sie immer machen – und damit basta!“

„Ja, Miss“, antwortete Skye gelassen.

Als die vier sicher waren, dass sich die Kellnerin außer Hörweite befand, brachen sie in Gelächter aus.

„Das war die beste Darstellung in einer Nebenrolle!“, prustete Jenny.

„Ach was, das war doch gar nichts!“, wehrte sich Skye.

„Doch nicht du. Ich meinte sie!“, sagte Jenny, und daraufhin fingen sie wieder an zu kichern.

Als die Pizza kam, wusste keiner mehr, wem nun welches Viertel gehörte, denn der zusätzliche Käse überdeckte alles. Aber sie schmeckte trotz allem einfach genial.

Beim Essen wollten die Mädchen eigentlich über die Party sprechen, doch sie kamen schnell vom Thema ab und fingen an, Skye von Oberst Hanson zu erzählen.

„Er liebt alte Filme“, erzählte Laura. „Manchmal bleiben wir abends lange auf, essen Popcorn und sehen uns die Oldies im Fernsehen an. Filme über die Marineinfanterie sieht mein Vater besonders gern – vor allem, wenn John Wayne die Hauptrolle spielt.“

„Etwa das ‚Todeskommando‘?“, fragte Skye zwischen zwei Bissen Pizza.

„Ja, das ist sein Lieblingsfilm“, bestätigte Laura.

„Meiner auch“, stellte Skye fest.

„Und er liebt alles, was mit den Fünfziger- und Sechzigerjahren zu tun hat“, erzählte Julia. „Er kennt alle Lieder von Elvis auswendig und alle von den Everly Brothers – und sogar die von Bill Haley.“

„Auch ‚Rock Around the Clock‘?“, fragte Skye. „Das gefällt mir am besten!“

„Du wirst meinen Vater mögen“, sagte Laura. „Da gibt es keinen Zweifel.“

„Ja, vor allem, wenn dir seine Witze gefallen“, fügte Jenny hinzu. „Er weiß genug Mäuse- und Elefantenwitze, um dich stundenlang damit zu unterhalten.“

„Woran merkt man, dass ein Elefant im Kühlschrank war?“, fragte Skye Jenny.

„An den Fußspuren in der Butter“, antwortete sie wie aus der Pistole geschossen. „Du hast die Prüfung mit Auszeichnung bestanden. Du wirst Oberst Hanson lieben.“

„Falls wir es tatsächlich schaffen, eine Party für ihn auf die Beine zu stellen“, bemerkte Laura düster. „Julia, hast du deine Liste mitgebracht?“

Julia holte eine ziemlich lange Liste aus ihrer Tasche.

„Als Erstes habe ich die Speisen und Getränke notiert, und alles, was wir dafür einkaufen müssen. Dann habe ich alles aufgeschrieben, was wir brauchen, damit es eine richtige Geburtstagsfeier wird.“

Jenny sah über ihre Schulter. „Krepppapier? Quietscher? Lustige Hüte und Tüten mit Süßigkeiten für die Gäste? Wie alt wird er – vierzig oder vier?"

„Spielt das eine Rolle? Es ist schließlich eine Geburtstagsfeier, oder etwa nicht?", fragte Julia leicht gekränkt.

„Eine tolle Idee! Was wollt ihr in die Tüten tun?", fragte Skye.

„Also ich mag Puffreis am liebsten", sagte Julia. „Aber ich würde mich auch zu Kaugummi oder Lakritze überreden lassen."

„Ich denke, wir sollten jetzt ernsthaft mal mit dem Einkaufen anfangen", sagte Skye. „Wohin gehen wir zuerst?"

„Dahin", sagte Jenny und zeigte auf die Kasse der Pizzeria.

Die vier legten zusammen und bezahlten ihre Pizza. Dann begannen sie mit ihrer Tour.

Sie fanden ein Schreibwarengeschäft mit einer großen Auswahl an Papierhüten und Luftballons und kauften einige davon. Dann schlug Skye vor, auch ein paar Papiertrompeten zu besorgen.

„Wo gibt's denn so was?", fragte Julia.

„Ich glaube, als ich das letzte Mal mit Jenny hier war, habe ich im Kaufhaus welche gesehen", sagte Laura. „Okay, dann gehen wir in diese Richtung!"

Es stellte sich jedoch heraus, dass sie in einem Gang

der Passage gelandet waren, in dem sich hauptsächlich Schuhgeschäfte und eine Parfümerie befanden.

„Ich glaube, wir sind hier falsch“, sagte Jenny. „Ganz da vorn ist ein Jeansladen. Da kommt man zwar günstig an tolle Jeans, aber ich glaube nicht, dass wir diese Trompetendinger dort finden werden.“

Sie wollten gerade kehrtmachen, als eine Gruppe von Mädchen aus Julias Schule den Jeansladen verließ.

„Julia!“, kreischte ein Mädchen namens Patsy. Sie rannte los und ließ ihre verdatterten Freundinnen stehen. „Ist es wahr?“, fragte sie atemlos. „Arbeitest du wirklich mit Skye Ransom zusammen?“ In einer dramatischen Geste packte sie Julias Arm.

Julia wurde rot. Sie wusste nicht, was sie sagen sollte.

Patsy spürte Julias Verlegenheit und als sie „Gavin“ bemerkte, wurde ihr urplötzlich alles klar. „Oh!“, quietschte sie erfreut.

Sie rannte los, um ihre Freundinnen zu holen. Julia, Jenny und Laura sahen sich alarmiert an.

„Schnell weg hier!“, zischte Jenny. Sie zog ihre beiden Freundinnen und Skye mit sich in eine Parfümerie und rannte mit ihnen in den hinteren Teil des Ladens.

„Los, ganz nach hinten!“, befahl Jenny. Die vier hasteten durch einen Gang, bogen scharf nach rechts ab und dann wieder nach links, um einigen Mädchen auszuweichen, die im Mittelgang standen.

Jenny nahm Skyes Hand und ging mit ihm und ihren Freundinnen hinter einer Werbetafel für Schaumbäder mit Fruchtduft in Deckung.

„Hier sind wir sicher", behauptete sie.

Laura war davon nicht überzeugt. Sie schaute vorsichtig hinter dem riesigen Obstbaum aus Pappe hervor.

„Mist", flüsterte sie. „Müssen wir jetzt hier bleiben, bis das Einkaufszentrum um Mitternacht schließt, oder brauchen wir nur zu warten, bis unsere Eltern die Polizei losschicken, um nach uns zu suchen?"

„Quatsch", gab Jenny zurück. „Wir müssen nur unsere Tarnung ändern."

Skye hatte offensichtlich verstanden, was Jenny meinte, und griff in seine Tüte. Schnell zog er das regenbogenfarbene T-Shirt hervor und streifte es über das Kammerjäger-Shirt. Aus einer der anderen Tüten holte er sich einen der lustigen Partyhüte und setzte ihn auf. Es war nicht gerade eine großartige Verkleidung, aber vielleicht würde sie ausreichen. Mit dem Make-up in seinem Gesicht sah er nicht aus wie Skye Ransom, doch er sah auch nicht mehr aus wie der Junge, mit dem die Mädchen in die Parfümerie gestürmt waren.

„So, und jetzt raus hier!", bestimmte Jenny. Sie setzte ein unschuldiges Lächeln auf und marschierte durch den Laden. Es fiel Laura nicht leicht, so zu tun, als wäre gar nichts dabei, sich hinter einem zwei Meter hohen Pappbaum zu verstecken, doch sie gab sich die größte Mühe, cool und gelassen auszusehen. Zum Glück sah niemand in ihre Richtung.

Anstatt wieder zum Haupteingang des Geschäftes zu gehen, führte Jenny die Freunde auf die andere Seite des Ladens. Dort war eine weitere Tür.

„Wohin geht's da?“, flüsterte Julia.

„Nach draußen“, sagte Jenny nur. Sie öffnete die Tür und die vier verließen den Laden.

Sie landeten in einem langen, düsteren Flur, von dem unzählige gleich aussehende Türen abgingen.

„Das müssen die Hintereingänge für die Lieferanten sein“, vermutete Skye. Das klang logisch, und es bedeutete, dass sie von hier aus in jeden anderen Laden gehen konnten – wenn sie herausgefunden hatten, welche Tür zu welchem Geschäft gehörte.

Sie begannen, die Türen zu öffnen und hindurchzuspähen.

„Damenwäsche“, verkündete Julia.

„Bloß nicht“, sagte Skye. „Die Parfümerie war schon schlimm genug. In diesen Läden sind zu viele Frauen und Mädchen.“

Laura öffnete die nächste Tür. „Eine Videothek – fast nur Männer. Das ist doch besser, nicht?“

„Aber nur, wenn nicht gerade ein Plakat von Skye aufgestellt wurde“, wandte Jenny ein.

„Du hast Recht“, stimmte Laura zu und zog die Tür wieder zu.

Dann öffnete Jenny eine Tür. „Da drin gibt’s Nüsse“, verkündete sie.

„Das ist genau das Richtige für uns“, sagte Laura hoch erfreut.

„Warum? Sind da viele Männer drin?“, fragte Julia.

„Nein, aber ich esse Nüsse für mein Leben gern.“

Diese Erklärung klang logisch, und so schlüpften die vier durch die Tür in das kleine Nussgeschäft.

„Ich liebe Cashewnüsse“, sagte Skye.

„Mein Vater auch“, stellte Laura fest.

„Dann kaufen wir doch welche für die Party“, schlug Skye vor und legte eine Tüte mit Nüssen an die Kassentheke. „Seht ihr, für eine Party einzukaufen ist doch gar nicht so schwer“, sagte er grinsend.

„Wenn man kein Problem damit hat, alberne Verkleidungen zu tragen und nur die Hintereingänge der Geschäfte zu benutzen, ist es wirklich nicht schwer“, alberte Julia.

„Da ist er!“, ertönte Patsys Kreischstimme.

„So viel zu unserer genialen Idee“, seufzte Jenny.

Sie bezahlten hastig für die Nüsse, stürzten dann zurück zum Lieferanteneingang und rasten den halbdunklen Korridor entlang.

Die ganze Geschichte war zwar recht beängstigend,

hatte bei näherer Betrachtung aber auch eine komische Seite. Julia versuchte, hinter den anderen herzurennen, doch sie wurde so sehr von Lachkrämpfen geschüttelt, dass sie kaum noch atmen konnte.

Jenny bemerkte, dass die Freundin zurückgefallen war und blieb stehen, um auf sie zu warten. Auch Laura und Skye drehten sich um. Julia lehnte an einer Wand und ihr ganzer Körper zuckte.

„Hey, was ist denn los?“, fragte Jenny besorgt, denn es sah aus, als würde Julia weinen.

„Das ist alles so komisch“, keuchte Julia und hob den Kopf. Erst jetzt sahen ihre Freunde, dass sie nicht weinte, sondern hemmungslos lachte. „Das müsst ihr euch mal genau überlegen. Wir stehen hier mit einem der berühmtesten Teenager der Welt, verstecken uns hinter Pappbäumen, schlüpfen in die unmöglichsten Kostüme und flüchten vor kreischenden Fans. Hättet ihr je gedacht, dass wir sowas mal live mitkriegen würden? Ich stelle mir gerade vor, wie sich das Teeny-Magazin um diese Story reißen würde.“

Trotz der dicken Make-up-Schicht war nicht zu übersehen, wie blass Skye plötzlich wurde.

„Du würdest doch nicht ...“, stieß er hervor.

„Quatsch!“, gab Julia zurück. „Es ist nur alles so unglaublich komisch.“

„So komisch finde ich es gar nicht“, sagte Jenny.

„Immerhin würden diese Mädchen ihm die Kleider vom Leib reißen, wenn sie die Chance dazu hätten."

„Aber nicht mein Regenbogen- oder mein Kammerjäger-T-Shirt! Die geben wir ihnen nicht!", alberte Skye.

„Aber ich wette, so etwas passiert dir dauernd", sagte Laura.

Skye sah sie fragend an und schaute dann an sich herunter. Die ganze Situation war so grotesk, dass er ebenfalls einen heftigen Lachanfall bekam. Er lachte, bis ihm die Tränen aus den Augen liefen und das Make-up verschmierten.

„Nein, so extrem war es noch nie", gab er noch immer kichernd zu. „Aber so langsam fange ich an, mich daran zu gewöhnen."

Das war der Augenblick, in dem auch Jenny und Laura anfingen zu lachen. Für sie war jetzt alles witzig: Skyes Kostüm, ihr Versteck hinter dem Baum, das Kreischen der Mädchen, das noch viel komischer wurde, als Julia ihnen erzählte, dass Patsy genauso geschrien hatte, als im Biologieraum der Schule einmal eine Maus entwischt war. Die vier kicherten noch immer ausgelassen, als sie endlich den Ausgang zum Parkdeck gefunden hatten und sich auf die Suche nach Skyes Limousine machten.

10

Die Landschaft von Virginia huschte vorbei, als Skye und die Mädchen in der Limousine nach Willow Creek zurückfuhren. Skye öffnete den eingebauten Kühlschrank und reichte jedem der Mädchen eine Limonade. Nach ihren Abenteuern in den hinteren Fluren des Einkaufszentrums waren sie alle unglaublich durstig.

„Du hast uns noch gar nicht erzählt, wie die Dreharbeiten heute gelaufen sind“, sagte Jenny zu Julia. „Wie war es? Hast du wieder alles beim ersten Versuch perfekt hingekriegt wie schon die ganze Woche?“

Julias gute Laune verschwand schlagartig. Sie hatten im Einkaufszentrum so viel Spaß gehabt, dass sie gar nicht mehr daran denken wollte, wie die Aufnahmen verlaufen waren.

„Ach, eigentlich nicht ...“, murmelte sie verlegen.

„Ah, jetzt weiß ich es“, neckte sie Laura weiter. „Du hast deinen Text vergessen, stimmt’s? Welcher war es heute? Der mit dem Hund oder einfach nur ‚Ach!‘?“

„Nun ja, heute ist einiges passiert. Obendrein fing es

auch noch an zu regnen. Wir müssen morgen noch einmal hin und eine Szene drehen. Abgesehen davon war heute nichts Besonderes los."

Sie nahm einen Schluck von ihrer Limonade und hoffte, dass die Freundinnen dieses Thema endlich fallen ließen, doch so viel Glück hatte sie nicht.

„Julia, na los, erzähl doch mal!", bohrte Jenny weiter. „Was ist denn passiert?"

„Nichts", sagte Julia. „Ehrlich."

Julia mochte Jenny wirklich sehr gerne, doch manchmal kapierte sie nicht einmal den deutlichsten Wink.

„Jetzt weiß ich es! Du hast Skye die Schau gestohlen, und nun ist er eifersüchtig!", neckte Jenny sie.

„Jenny, bitte!", erwiderte Julia gereizt.

Laura zupfte an Jennys Ärmel, doch auch das wirkte nicht. Jenny wollte gerade wieder etwas sagen, als Skye das Wort ergriff.

„Die Dreharbeiten waren heute schrecklich, Jenny", sagte er. „Und das lag nicht nur am Regen. Es war auch nicht Julias Schuld, sie hat alles richtig gemacht. Wir haben eine einfache Szene gedreht – und ich habe immer wieder versagt. Ich hatte Probleme mit Pepper. Oliver ist wütend auf mich, weil wir morgen noch einmal drehen müssen. Er wird mir sicher wochenlang unter die Nase reiben, was das alles gekostet hat. Und was noch schlimmer ist: Ich glaube nicht, dass ich die Szene morgen besser hinbekomme als heute. Ich bin eben nicht zum Reiter geboren. Punkt."

Jenny war jetzt wieder vollkommen ernst. Es machte ihr Spaß, Julia aufzuziehen, doch mit Skye würde sie so etwas nie tun. „Jeder hat mal einen schlechten Tag", versuchte sie Skye zu trösten.

„Ich nicht", gab Skye zurück. „Ich wollte Pepper die Schuld geben, doch ich weiß ja, dass er nichts dafür kann. Schließlich war *ich* derjenige, der ihn nicht kontrollieren konnte. Ich habe versagt, als Reiter und als Schauspieler, und ich weiß, dass Oliver deswegen zu Recht wütend auf mich ist."

„Ach komm schon, Skye", sagte Julia. „Sieh das doch nicht so eng. Du warst heute einfach nicht gut drauf. Morgen geht es sicher besser."

„Morgen werde ich wieder auf Pepper steigen und so tun müssen, als hätte ich keine Angst. Das ist einfach zu viel verlangt – ich habe nun einmal Angst vor Pferden!"

Julia hatte Mitleid mit Skye. Sie liebte Pferde und konnte sich gar nicht vorstellen, was sie alles versäumen würde, wenn sie Angst vor Pferden hätte. Doch in Skyes Fall sorgte die Angst nicht nur dafür, dass ihm unendlich viel entging, sie blockierte auch seine Arbeit als Schauspieler.

Jenny hatte wie immer eine Idee. „Du hast zwar schauspielerische Fähigkeiten, auf die du dich verlassen kannst, aber du hast noch etwas Wichtigeres. Du hast den Sattelclub, der dir helfen wird."

„Habt ihr das gehört? Jenny das Superhirn hat eine Idee!", rief Laura. „Und da wir dieses Problem nun so gut wie gelöst haben, sollten wir uns um das nächste kümmern – Dads Geburtstagsparty. Immerhin ist sie schon morgen Abend."

„Wir haben lustige Hüte und ein Pfund Nüsse", sagte Julia und versuchte optimistisch zu klingen. „Was brauchen wir noch?"

„Wenn ihr meine Meinung hören wollt", begann Skye. „Ich finde die klassischen Geburtstagsfeiern immer noch am besten. Wenn ich an Geburtstagspartys denke, fallen mir Spiele wie Schatzsuche und Blindekuh ein."

„Das ist jetzt aber hoffentlich nicht dein Ernst!", stöhnte Julia.

„Doch, wirklich. Oder was haltet ihr von einem Zauberer?"

„Mein Dad liebt Zauberei", sagte Laura. „Ein Zauberer wäre perfekt. Außerdem gefällt mir die Idee, einen Kindergeburtstag für das Kind in meinem Vater zu veranstalten."

„Keine schlechte Idee", stimmte Jenny zu. „Schließlich sieht es schon manchmal so aus, als mache das Kind in ihm fünfundachtzig Prozent seiner Persönlichkeit aus!"

„Jenny!“, rief Julia. „Das ist aber nicht nett!“

„Lass sie doch!“, sagte Laura. „Sie hat doch Recht. Genau das mag ich ja so an meinem Dad. Außerdem sind die anderen fünfzehn Prozent genauso klasse.“

„Und was ist mit der Hälfte von ihm, die dich manchmal fast zum Wahnsinn treibt?“, fragte Jenny hinterhältig.

Laura und Julia wechselten einen bedeutungsvollen Blick. „Kein Wunder, dass wir ihr immer bei den Mathehausaufgaben helfen müssen!“

Die Trennscheibe zwischen den vieren und dem Fahrer senkte sich langsam.

„Wir sind jetzt in Willow Creek, Mr Ransom. Wohin möchten Sie zuerst?“, fragte der Fahrer höflich.

„Fahren Sie bitte noch einmal um den Park, James“, bat Skye. „Wir müssen uns noch was überlegen.“

„Sehr wohl, Sir“, sagte der Fahrer. Er zwinkerte den vier Verschwörern zu und ließ die Scheibe lautlos wieder nach oben gleiten.

„Ich glaube, ich weiß was!“, sagte Skye geheimnisvoll. „Julia, hast du noch was zum Schreiben dabei? Wir machen eine neue Liste, mit allem, was uns noch fehlt.“

Julia griff in ihre Handtasche und holte Notizbuch und Stift heraus.

„Also, als Erstes brauchen wir einen Zauberer.“

Julia schrieb diesen Punkt in ihr Notizbuch.

„Wo sollen wir denn einen Zauberer herbekommen?“, fragte Laura dazwischen. „Und womit wollen wir ihn bezahlen? So viel Geld haben wir nicht. Aber vielleicht kann ich Dad davon überzeugen, dass ich das Geld von meinem Sparbuch abheben darf, das eigentlich für meine Ausbildung gedacht war“, überlegte Laura laut. „Sag mal, was machst du da?“, fragte sie Skye, als sie merkte, dass er ihr überhaupt nicht zuhörte.

Skye bewegte die Finger in der Luft, als wollte er Lockerungsübungen machen.

„Ja, was machst du da eigentlich?“, fragte auch Jenny.

„Ach nichts“, antwortete Skye leichthin. „Ich wollte nur gerade mal nachsehen, was da hinter deinem Ohr steckt.“

Bevor Jenny auch nur irgendwas sagen konnte, hatte Skye schon ihr langes Haar zurückgestrichen und einen Vierteldollar hinter ihrem Ohr hervorgezaubert.

„Und mich hat einmal jemand als Goldgräber beschimpft“, sagte Skye. „Dabei mag ich Silber viel lieber. Manchmal allerdings ...“

Er griff nach dem Rand von Lauras Ärmel. „... mag ich auch Kupfer.“ Er reichte ihr den Penny, den er aus ihrem Ärmel gezogen hatte.

Julia machte große Augen. „Wow, wie hast du das gemacht?“

„Ein Zauberer verrät niemals seine Tricks“, sagte Skye

geheimnisvoll. „Er freut sich aber über jede Gelegenheit, seine Künste vorzuführen. Wie war das noch, Laura, wolltest du nicht einen Zauberer für den Geburtstag deines Vaters engagieren?“

„Du würdest ...?“, fragte Laura begeistert.

„Warum nicht?“, gab Skye zurück. „Das kann ich wenigstens – ganz im Gegensatz zum Reiten. Und da wir morgen noch einmal drehen müssen, bin ich sowieso hier in der Gegend. Wie sieht’s aus – kriege ich eine Einladung?“

„Oh Skye!“, jubelte Laura. „Mein Dad wird begeistert sein!“

Sie schlang die Arme um den überraschten Jungen und drückte ihn fest an sich.

11

Julia konnte kaum glauben, dass dies schon der letzte Drehtag sein sollte. Die vergangene Woche war irgendwie unwirklich gewesen – fast wie ein Traum. Sie musste feststellen, dass sie sich mittlerweile daran gewöhnt hatte, einen Moment noch im Klassenzimmer zu sitzen und im nächsten schon auf einer Probe zu sein oder vor der Kamera zu stehen. Sie war nicht länger irritiert davon, dass ihre Mitschüler ständig kamen und gingen, und auch die ständigen Wiederholungen, die Nahaufnahmen und die Kameras störten sie nicht mehr. Irgendwie war das alles inzwischen schon fast normal geworden.

„Julia, wer war bei den Friedensverhandlungen nach dem Ersten Weltkrieg der Vertreter Frankreichs?“, fragte die Lehrerin.

„Georges Clemenceau“, antwortete sie ohne zu zögern.

„Heute ist doch hoffentlich ihr letzter Tag?“, hörte Julia Alicia hinter sich flüstern. „Irgendwie weiß sie immer alles – das nervt!“ Julia hatte den Eindruck, als hätte Alicia es durchaus ernst gemeint.

Auch die Lehrerin hatte diese Bemerkung gehört. „Julia lernt eben mit großer Hingabe. Du könntest dir ruhig ein Beispiel daran nehmen.“

Die Tür zum Klassenzimmer wurde plötzlich aufgestoßen und John steckte den Kopf herein. „Julia, Skye, ihr werdet gebraucht. Es ist Zeit, Szene dreiundzwanzig noch einmal zu drehen.“

Julia und Skye standen auf, und Julia bemerkte, wie unglücklich Skye aussah. Szene dreiundzwanzig war die Szene, in der er zum Stall galoppieren musste.

„Du schaffst das schon“, versuchte Julia, ihn aufzumuntern. Alicia hatte zugehört und sagte in spöttischem Tonfall: „Natürlich, Skye. Mach es einfach mit *Hingabe.*“ Ein paar der Anwesenden kicherten leise.

„Danke“, gab Skye freundlich zurück und ignorierte den Spott in Alicias Stimme. „Komm, Julia“, sagte er. „Gehen wir Hals und Beine brechen.“

„Peppers Beine?“, alberte Julia.

Jetzt lachten alle Schüler, denn sie wussten, dass Szene dreiundzwanzig bisher nur noch nicht geklappt hatte, weil Skye sich nicht mit Pepper verstand.

Maverick begrüßte Julia und Skye überschwänglich, als sie an der Koppel ankamen, bei der die Szene gedreht werden sollte. Julia ging in die Hocke und drückte den Hund liebevoll an sich.

„Gut, Julia, genau so soll es aussehen“, sagte Oliver. „Und nun lass mal deinen Text hören.“

Julia schaute auf und stellte sich vor, Skye heranreiten zu sehen.

„Ein hübscher Hund!“, sagte sie. Maverick leckte ihr das Ohr, und Julia musste lachen.

„Gut gemacht“, lobte Oliver. „Aber das nächste Mal bitte ohne Kichern, verstanden?“

John bat sie, im Stall zu warten, während Skye sich auf seinen Auftritt vorbereitete. Ein Helfer führte Pepper aus seiner Box, und Julia klopfte ihm aufmunternd den Hals. Sie wollte ihn dazu bringen, nett zu Skye zu sein. Plötzlich kam ihr der verrückte Gedanke, auch Skye aufmunternd zu klopfen, damit er nett zu Pepper war.

Sie hielt Pepper am Zaumzeug fest, während Skye aufsaß. Sie streichelte den Nasenrücken des Pferdes und Julia hatte fast den Eindruck, als ob Pepper lächelte. Das war ein gutes Zeichen. Wenn Skye doch auch nur ein bisschen lächeln würde! Er sah richtig unglücklich aus. Sie hätte ihm so gern geholfen und sie hätte ihn am liebsten begleitet und ihm gesagt, was er im Galopp zu tun hatte. Das wäre ihm bestimmt eine große Hilfe. Aber sie konnte vielleicht doch etwas für ihn tun …

„Also gut, Skye, lass uns anfangen“, sagte Oliver.

„Eine Sekunde, Skye“, unterbrach Julia, denn ihr war gerade etwas eingefallen. „Du hast das Glücksbringer-Hufeisen vergessen.“

Skye sah sie zweifelnd an. „Ich fürchte, ich werde etwas mehr brauchen als nur ein Hufeisen.“ Er streckte aber trotzdem den Arm aus und strich über das abgenutzte Hufeisen, das an der Stalltür hing. Dann führte einer der Pferdepfleger Pepper und Skye von ihr weg. Julia hatte die Anweisung bekommen, im Stall zu warten, bis sie etwa zehn Minuten später gebraucht wurde, und so konnte sie nicht verfolgen, wie es draußen weiterging. Aber wenn man Skyes Gesichtsausdruck bedachte, war das vielleicht auch besser so.

Es machte Julia nichts aus, im Stall zu warten. Sie sah sich um und ihr fiel auf, dass Veronicas Pferd Garnet frisches Wasser brauchte. Sie holte den Eimer aus der Box und füllte ihn am Wasserhahn. Veronica kümmerte sich nur selten um ihre Stute. Julia wünschte sich sehnlichst, ein Pferd wie Garnet zu besitzen und sie wusste genau, dass ihr Pferd alle Zuwendung bekommen würde, die es brauchte.

Auf dem Pinto-Wallach Patch hatte Julia ihre ersten Reitstunden bekommen. Sie ritt ihn nur noch selten, aber er war noch immer einer ihrer Lieblinge. Sie holte etwas Heu von einem in der Nähe liegenden Ballen und schob es in seine Raufe.

Julia ging durch die Stallgasse weiter, um nach Silberstern zu sehen, doch seine Box war leer. Das war merkwürdig. Nur wenige Leute hatten die Erlaubnis, Silberstern zu reiten. War Laura etwa in den Stall gekommen, ohne ihr Hallo zu sagen?

Julia hatte eine Idee. Sie ging auf die andere Seite der Stallgasse zu Topside – Jennys Pferd. Auch diese Box war leer. Ein Blick in die Sattelkammer verriet ihr, dass die Sättel von Silberstern und Topside fehlten. Das konnte nur bedeuten, dass Jenny und Laura ohne sie ausgeritten waren.

Dieser Gedanke versetzte Julia einen Stich. Ihr gefiel es ja schon, beim Film zu sein und mit Skye Ransom zusammenzuarbeiten, aber sie vermisste ihre Freundinnen doch sehr. Hier stand sie nun in einem Stall voller Pferde und durfte nicht reiten. Das Einzige, was sie tun durfte, war darauf zu warten, dass ihr jemand ein Zeichen gab, herauszukommen und ‚Ein hübscher Hund' zu sagen, während ihre Freundinnen ohne sie einen traumhaften Ausritt machten.

Julia bemühte sich, daran zu denken, dass heute der letzte Tag der Dreharbeiten war. Heute Abend war Oberst Hansons Überraschungsparty und morgen würde sie mit Jenny und Laura ausreiten. Es gab so viel, auf das sie sich freuen konnte, dass es sich nun wirklich nicht lohnte, traurig zu sein.

Oliver war überzeugt davon, dass sich ein Schauspieler ganz und gar mit seiner Rolle identifizieren musste. Er hatte Skye so oft erzählt, was Gavin für ein Mensch war, dass dieser die Ansprache des Regisseurs mittlerweile fast auswendig konnte.

„Er ist ein Junge, der Tiere liebt. Er versteht, was in ihnen vorgeht und was sie denken. Es sind die Menschen, die Gavin nicht versteht."

Doch genau das war der Unterschied zwischen Skye und Gavin. Skye war gern unter Menschen – zumindest, solange sie nicht kreischend hinter ihm herrannten. Er mochte auch viele Tiere, wie zum Beispiel Hunde, Katzen, Vögel und viele mehr. Pferde allerdings waren ihm suspekt. Sie waren ihm zu groß und bewegten sich zu schnell. Außerdem schienen alle einen Trick zu kennen, ihn aus dem Sattel zu bekommen. Er war schon öfter vom Pferd gefallen, als ihm lieb war, und er wollte nicht, dass es ihm vor laufender Kamera wieder passierte.

Pepper spürte Skyes Unsicherheit und nutzte sie sofort aus. Skye konnte fühlen, wie das Pferd unter ihm das

Kommando übernahm und er hatte Angst, dass die Aufnahmen wieder eine Katastrophe werden würden.

„Okay, nimm deinen Platz ein, Skye", rief Oliver. „Reite in den Wald und gewöhne dich ein bisschen an das Pferd. In etwa zehn Minuten geht es los! Und diesmal möchte ich, dass es klappt, verstanden?"

Skye nickte. Er wendete Pepper und ritt auf den Wald zu, von dem aus er angaloppiert kommen sollte. Er wusste genau, was er zu tun hatte. Er hatte es ja schon oft genug getan – nur noch nie perfekt. Er wünschte sich nichts sehnlicher, als dass es diesmal klappen würde.

„Hi, Kumpel!", begrüßte ihn eine bekannte Stimme und riss ihn damit aus seinen Gedanken.

Es war Jenny auf Topside. Neben ihr war Laura mit ihrem Pferd Silberstern.

„Hi! Was macht ihr denn hier? Weiß Oliver davon?"

„Natürlich nicht!", flüsterte Jenny. „Niemand darf auch nur in die Nähe des Drehortes. Aber wir kennen uns hier eben gut aus und haben uns am Wachposten vorbeigeschmuggelt. Es stört dich doch nicht, oder?"

„Nein, eigentlich nicht, obwohl ich es natürlich nicht witzig finde, dass ihr dabei zusehen werdet, wie ich mich hier zum Affen mache."

„Deswegen sind wir doch hier!"

„Um zuzusehen, wie ich versage?", fragte Skye entgeistert.

„Quatsch! Ich hatte dir doch die Hilfe des Sattelclubs versprochen. Wir lassen dich nicht im Stich."

„Der Sattelclub bietet wohl stets den vollen Service, stimmt's?"

„Bei uns ist der Kunde König", scherzte Laura, doch es war ihr vollkommen ernst damit. Jenny und sie hatten beschlossen, dafür zu sorgen, dass Skye so eine Katastrophe wie am Tag zuvor nie wieder erleben musste.

„Punkt eins", sagte Laura und hoffte, ein wenig wie ein Oberst von der Marineinfanterie zu klingen. Skye sollte den Eindruck bekommen, dass sie wusste, wovon sie sprach. „Wenn du Galopp reitest, musst du gerade sitzen, aber gleichzeitig in der Bewegung mitschwingen."

„Das ist doch das glatte Gegenteil – das geht doch gar nicht!", protestierte er.

„Doch, es geht!", fuhr Laura streng fort. „Dein Unterkörper muss vollkommen entspannt sein und du musst dir vorstellen, am Sattel zu kleben. Du darfst nur deine Hüften bewegen. Du musst einfach mit dem Pferd mitschwingen, verstehst du? Der Oberkörper sollte gerade sein –, am besten stellst du dir vor, du wärst eine Marionette und die Schnur sei oben an der Reitkappe befestigt. Dann sitzt du schön aufrecht im Sattel."

„Das ist aber viel zu lernen für die nächsten fünf Minuten", beschwerte sich Skye.

„Nein, ist es nicht“, widersprach Laura. „Du kannst das!“

Skye sah aus, als ob er protestieren wollte, doch Jenny ließ ihm keine Chance dazu.

„Versuch es einfach“, sagte sie. „Lass uns ein Stück von der Kamera wegreiten.“ Sie verlagerte ihr Gewicht und Topside ging im Schritt los. Sie legte das linke Bein zurück, berührte Topside damit hinter dem Sattelgurt und das Pferd wechselte sofort in einen weichen Galopp.

Laura gab ihrem Pferd auch die Hilfen zum Galopp und Pepper tat es den beiden anderen Pferden nach. Während Skye neben Laura und Jenny herritt, gaben sie ihm genaue Anweisungen, wie er sich zu verhalten hatte.

„Lass deine Beine lang herunterhängen“, befahl sie. „Sie sind sehr schwer.“ Skyes Beine entspannten sich, und sofort wurde Peppers Galopp weicher.

„Sitz gerade! Die Schnur zieht dich nach oben!“, erinnerte ihn Laura.

Skye streckte sich, ließ seine Hüften aber immer noch im Takt des Galopps mitschwingen.

„Viel besser!“, lobte Laura, begeistert vom Erfolg ihres Unterrichts.

Jenny umkreiste die kleine Lichtung, bis sie wieder an ihrem Ausgangspunkt ankamen. Sie parierte Topside durch, und auch die Pferde der beiden anderen kamen zum Stehen.

„Ihr habt es geschafft!", stellte Skye fest.

„Nein, *du* hast es geschafft", widersprach Laura.

„Danke, ihr beiden! Sagt mir bitte noch mal genau, woran ich denken muss, damit alles klappt – ich glaube, ich muss nämlich gleich los!"

„Keine Sorge, es wird dir wieder einfallen", sagte Laura. „Es ist wie Fahrrad fahren."

„Und außerdem", fügte Jenny hinzu, „konzentrierst du dich viel zu sehr auf die Einzelheiten, wenn wir dich jetzt noch mal damit zutexten. Und du kannst unmöglich begeistert und glücklich aussehen, wenn du an nichts anderes denkst als an Schnüre an deinem Kopf und Hüften, die im Sattel mitschwingen!"

Skye lachte.

„Alles auf die Plätze!", schallte es aus einem Megafon.

Skyes Lachen verstummte. Sein Gesicht wurde hart, und man konnte sehen, wie er sich mit aller Kraft darauf konzentrierte, nichts falsch zu machen.

„Oh je", flüsterte Laura. „Das ist mit Sicherheit kein begeisterter Gesichtsausdruck."

„Skye, kennst du schon den Witz von den drei Vampiren, die in eine Bar gehen?", fragte Jenny.

„Wie?", gab Skye irritiert zurück.

„Drei Vampire", wiederholte Jenny. „Sie gehen in eine Bar und setzen sich an einen Tisch. Die Kellnerin kommt, um ihre Bestellung aufzunehmen."

„Jenny!“, rief Skye völlig genervt. Er versuchte, sich zu konzentrieren, doch genau das wollte sie vermeiden – also erzählte sie weiter.

„Der erste Vampir sagt: ‚Ich nehme Blut.‘ Die Kellnerin notiert es und sieht dann den zweiten an. ‚Dasselbe für mich.‘“

„Licht! Kamera!“, tönte es aus dem Megafon. Jenny musste sich beeilen.

„Die Kellnerin sieht den dritten Vampir an. ‚Ich nehme heute nur Plasma‘, sagt er. Die Kellnerin notiert auch seine Bestellung. Dann dreht sie sich zum Barmann um und ruft: ‚Zweimal Blut und einmal Blut Light!‘“

Skye fing an zu lachen.

„Zweimal Blut und einmal Blut Light!“ Er lachte immer noch. „Der ist gut!“

„Action!“

Ohne nachzudenken gab Skye Pepper das Zeichen zum Angaloppieren. Das Pferd reagierte sofort. Das Letzte, was Jenny und Laura sahen, war, dass Skye immer noch über den albernen Witz grinste. Er war mit seinen Gedanken noch gar nicht bei seiner Szene, sodass ihm überhaupt nicht bewusst wurde, dass seine Beine rechts und links am Pferdeleib herunterhingen wie schwere Gewichte, seine Hüften im Takt mitschwangen, und dass er so gerade saß, als hinge er an einer unsichtbaren Schnur.

„Es sieht jetzt echt profimäßig aus, findest du nicht?“, fragte Jenny.

„Das kann man wohl sagen!“

„Jetzt!“ Der Regieassistent gab Julia ein Zeichen. Sie trat aus dem Schatten des Stalls und sah zu, wie Skye näher kam. Maverick kam aus dem Unterholz gesprungen und hielt mühelos mit Pepper mit. Das Erstaunlichste aber war Skyes begeistertes Gesicht. Julia musste lächeln, als sie ihn ansah.

Maverick kam als Erster an. Julia ging in die Hocke und streichelte ihn. Er leckte ihr Gesicht, und sie drückte ihn liebevoll an sich.

„Ein hübscher Hund!“, sagte sie zu Skye und meinte es sogar ganz ehrlich.

„Danke“, gab Skye zurück. „Nimm bitte mein Pferd und gib ihm eine Extraportion Hafer. Es hat sich wirklich eine Belohnung verdient!“ Skye sah so glücklich aus, dass man ihm diesen Satz sofort abnahm. Julia überlegte, warum heute alles so perfekt geklappt hatte.

Sie nahm Pepper am Zügel und führte ihn in den Stall.

„Die Aufnahme ist im Kasten! Perfekt! Gut gemacht, Skye!“, rief Oliver, und man hörte die Erleichterung in seiner Stimme.

„Danke", sagte Skye.

„Erzähl! Wie hast du das gemacht?", fragte Oliver.

„Ach, ich weiß nicht. Ich denke, mir geht es wie Gavin: Ich habe gelernt, dass man mit der Hilfe von Freunden alles schaffen kann."

Er zwinkerte Julia zu. Sie hatte keine Ahnung, was das zu bedeuten hatte, doch dann fiel ihr wieder ein, dass zwei Pferde nicht in ihren Boxen waren. Was immer Jenny und Laura getan hatten – es hatte funktioniert. Sie zwinkerte zurück.

„Die Aufnahme ist perfekt, Julia", sagte Oliver. „Du bist jetzt fertig und kannst gehen. Es war schön, mit dir zu arbeiten. Wir haben alle viel von dir gelernt." Er gab ihr die Hand und drehte sich dann zu seinen Kameraleuten um. „Und jetzt zu den Nahaufnahmen ..."

Es war vorbei. Sie war entlassen. Julias Zeit als Filmstar war um. Sie hätte gern mit Skye geredet, doch er probte bereits die nächste Szene. Er hatte nur kurz Zeit, ihr zuzuwinken. „Wir sehen uns um sechs bei Laura, hoffe ich", rief er und war im nächsten Moment schon verschwunden.

Julia fühlte sich plötzlich sehr allein. Von einer Sekunde auf die andere war ihre Karriere als Schauspielerin vorbei. Einerseits war sie froh darüber, aber andererseits war sie auch ein bisschen traurig. Sie musste unbedingt mit jemandem darüber reden – mit wem auch immer. Julia bemerkte, dass sie immer noch Peppers Zügel in der Hand hielt. „Komm mit“, sagte sie. „Ich werde dir alles erzählen.“

Langsam führte sie das Pferd in seine Box, nahm den Sattel ab und fing an, Pepper zu putzen.

Wenige Minuten später tauchten auch Jenny und Laura auf.

„Wir haben noch so viel zu tun!“, stöhnte Laura und sattelte eilig ihr Pferd ab. „Wir müssen den Tisch decken, den Kuchen abholen und …“

„Uns unterhalten“, unterbrach Julia sie. „Ich muss euch unbedingt was erzählen.“

„Das natürlich auch“, stimmte Jenny zu.

„Aber die Pferde kommen zuerst“, mahnte Laura.

Nachdem sie die Pferde versorgt hatten, hakten sich die drei Freundinnen unter und gingen auf die Stalltür zu. Sie kamen jedoch nicht weit, denn ihnen kam ein Eilkurier entgegen, der sich mit drei großen Pappkartons abmühte.

„Gibt es hier jemanden namens Ransom?“, fragte er keuchend.

„Ja, da hinten“, antwortete Jenny und zeigte durch den Stall. „Sie finden ihn dort, wo jemand ‚Action!‘ schreit.“

Der Kurier warf ihr einen misstrauischen Blick zu, folgte aber ihren Anweisungen.

„Da wir gerade von jemandem namens Ransom sprechen – was habt ihr beide draußen im Wald mit Skye angestellt?“, fragte Julia. „Und versucht nicht, euch herauszureden; ich weiß, dass ihr dort wart.“

Laura und Jenny wechselten einen Verschwörerblick. „Kennst du schon den Witz mit den drei Vampiren?“

12

Es war so weit. Um halb sieben gingen Laura, ihre Freundinnen und die Freunde ihres Vaters hinter den Wohnzimmermöbeln in Deckung. Zwei der Gäste versteckten sich hinter den Vorhängen und ein paar andere verschwanden im Esszimmer. Alle waren bereit, im richtigen Moment aufzuspringen und das Geburtstagskind zu begrüßen. Das Haus war vollkommen still.

Oberst Hanson marschierte durch den Garten. Laura erkannte seinen Schritt schon aus einiger Entfernung, kurze Zeit später hörte sie ihn die Eingangsstufen heraufkommen.

Eine Weile herrschte Stille. Laura wusste, dass ihr Vater jetzt in seine Tasche griff, um den Schlüssel herauszuholen und hörte auch gleich das gewohnte Klappern. Der Schlüssel wurde ins Schloss geschoben, gedreht und mit einem Klicken entriegelte sich die Tür.

Jetzt war er im Haus und zog die Tür hinter sich zu.

„Laura? Bist du zu Hause?“

„Überraschung!“, riefen alle Gäste im Chor. Die Türen zum Esszimmer flogen auf und weitere Gäste kamen heraus. Die Vorhänge schwangen zur Seite. „Überraschung!“

Oberst Hanson war sprachlos vor Staunen. Sein Unterkiefer klappte förmlich herunter und seine Augen waren weit aufgerissen.

„Für mich?“, fragte er und bewunderte das mit buntem Krepppapier geschmückte Wohnzimmer.

„Natürlich!“, antwortete Jenny frech. „Hat denn hier sonst noch jemand Geburtstag? Haben Sie wirklich geglaubt, wir würden Ihren Ehrentag vergessen, wenn Sie doch *so* alt werden?“

Oberst Hanson drehte sich zu seiner Tochter um. „Wer war für die Gästeliste verantwortlich? Habe ich das Recht, Leute wieder auszuladen, die schlechte Witze über mein Alter machen?“

„Klar“, lachte Laura. „Mit Ausnahme von Jenny. Sie ist gewissermaßen der Chef der ganzen Operation. Sie muss bleiben.“

„Wenn es denn sein muss“, sagte er und tat, als wäre er beleidigt, doch dann nahm er Jenny herzlich in die Arme und drückte sie fest an sich.

„Außerdem sehen Sie aus, als hätten Sie eine Party dringend nötig“, fügte Julia hinzu. Sie nahm ihn bei der Hand, führte ihn ins Esszimmer und schenkte ihm ein Glas Punsch ein.

Julia war froh, dass es ihnen gelungen war, Lauras Vater zu überraschen, und die Party würde bestimmt sehr lustig werden, doch es fehlte jemand. Skye war nicht aufgetaucht. Dass die Filmerei unberechenbar war, hatte Julia inzwischen gelernt, aber sie hatte doch gehofft, dass Skye rechtzeitig kommen würde, um den Spaß mitzuerleben. Immerhin war es genau die Art von Party, die er so gerne mochte.

Mittlerweile bedienten sich die Gäste an all den guten Sachen, die die Mädchen vorbereitet hatten. Sie hatten sich streng an ihre Entscheidung gehalten, einen Kindergeburtstag zu veranstalten, und so waren nur Leckereien auf den Tellern zu finden, die auch Kindern schmecken würden. Es gab verschiedene Sorten Plätzchen und Waffeln, Schokolade und sogar Brote mit Erdnussbutter und Marmelade.

Oberst Hanson war begeistert von allem, was der Sattelclub auf die Beine gestellt hatte. Er genoss den Punsch und das Essen und freute sich besonders über die lustigen Hüte und die verschiedenen Papiertrompeten. Als sich herausstellte, dass man sie lang ziehen und damit unterschiedliche Töne erzeugen konnte, brachte Oberst Hanson seine Gäste dazu, „Old MacDonald“ auf den Trompeten zu blasen. Er teilte sie in Gruppen auf, um sie mehrstimmig musizieren zu lassen. Es wurde ein einziges Chaos, denn die meisten Gäste wurden derart von

Lachkrämpfen geschüttelt, dass sie keinen vernünftigen Ton aus ihren Trompeten bekamen.

„Ihr seid die miserabelste Band, die ich je gehört habe! Im nächsten Jahr wünsche ich mir eine bessere Vorstellung!“, rief Oberst Hanson schließlich lachend aus.

„Müssen wir im nächsten Jahr etwa wieder eine Party organisieren?“, fragte Jenny entsetzt. „Immerhin ist einundvierzig kein solcher Meilenstein im Leben wie vierzig.“

„Wer sagt denn, dass ich nächstes Jahr einundvierzig werde?“, fragte der Oberst scheinheilig. „Ich betrachte das hier als meinen ersten vierzigsten Geburtstag, nächstes Jahr werde ich meinen zweiten vierzigsten feiern!“

„Nichts da!“, rief Laura. „Hast du eine Ahnung, wie lange wir gebraucht haben, um alles einzukaufen!“

Die Erwachsenen sahen auf die drei Mädchen herab und gaben ein ironisches „Ohhhh, ihr tut uns aber Leid!“ von sich. Insgeheim musste Laura ihnen Recht geben – durchs Einkaufszentrum zu bummeln war nicht gerade eine Strafe.

„Schon gut, schon gut“, lenkte sie ein. „Aber noch ist die Party nicht vorbei. Du musst deine Geschenke auspacken.“

Alle Gäste kehrten ins Wohnzimmer zurück, und der Oberst begann, seine Geschenke zu öffnen. Es war nicht schwer, Oberst Hanson etwas zu schenken. Wenn es lustig war und irgendwie mit den Fünfziger- oder Sechzigerjahren zu tun hatte, gefiel es ihm auf jeden Fall.

Einer seiner Freunde schenkte ihm ein ganzes Buch voller Elefantenwitze.

„Oh nein", stöhnten seine Mitarbeiter. „Weißt du, was das bedeutet?", fragte einer von ihnen.

Der andere nickte. „Wochenlang dumme Witze. Wir haben schon versucht, das Ganze auf einen Witz pro Tag zu beschränken, aber ihr wisst ja alle, wie er ist."

Lauras Vater begann, in dem Buch herumzublättern und nach einem besonders guten Witz zu suchen.

„Dad, ich denke, du solltest das nächste Geschenk aufmachen, bevor alle Gäste die Flucht ergreifen!"

Das nächste Geschenk war ein Spielzeugauto – ein Ford Edsel, eine berühmte Fehlkonstruktion aus den Fünfzigerjahren. Oberst Hanson war begeistert.

Er bekam auch Hawaiihemden, eine Groucho-Marx-Brille, eine DVD von einem Jerry-Lewis-Film, eine zerrissene Gitarrensaite, die Gerüchten zufolge einmal Elvis Presley gehört hatte, und eine Flasche Brylcreem-Haaröl aus den Fünfzigerjahren.

Julia sah zu und freute sich über Oberst Hansons Begeisterung. All seine Geschenke waren vollkommen unnütz, aber sehr lustig, und alle Gäste schienen sich bestens zu amüsieren. Julia war trotzdem enttäuscht, dass Skye nicht da war. Sie sah ungeduldig auf ihre Uhr und schaute aus dem Fenster. Sie lachte zwar über die Witze der anderen, doch innerlich fühlte sie sich leer. Wo blieb Skye nur?

„Wir beginnen mit den Spielen!“, verkündete Jenny. Sie hatten beschlossen, im Esszimmer Blindekuh zu spielen. Oberst Hansons Bursche gewann das Spiel, obwohl einige der Gäste behaupteten, er hätte geschummelt und unter der Augenbinde hindurchgeschielt.

„Wie soll ich denn sonst wissen, wo das Erschießungskommando steht?“, verteidigte sich der Soldat und brachte damit alle zum Lachen.

Als Nächstes spielten sie die Reise nach Jerusalem, natürlich mit Musik aus den Fünfzigern. Laura hatte die Filmmusik zu Elvis Presleys Film ‚G.I. Blues‘ ausgewählt, weil sie fand, dass sie besonders gut zu all den Militärangehörigen unter den Gästen passte. In diesem Spiel siegte Jenny, die einem Major den letzten Stuhl wegschnappte.

„Mir scheint, meine Flankendeckung hat versagt“, bemerkte er verlegen und verzog sich vom Spielfeld.

Julia hatte keine Lust zum Spielen und versuchte, sich unauffällig an den Rand zu stellen, doch Jenny bestand darauf, dass sie beim Apfeltauchen mitmachte. Julia musste die Luft anhalten und das Gesicht tief ins Wasser tauchen, um in den Apfel beißen zu können, der in einer Plastikwanne lag. Als sie triumphierend wieder auftauchte, mit fest zugekniffenen Augen, nassem Gesicht, tropfenden Haaren und einem Apfel im Mund, hörte sie ausgerechnet Skye Ransom sagen: „Ist sie nicht süß?“

Ihr fiel buchstäblich die Kinnlade herunter und der Apfel plumpste ins Wasser zurück.

„Du hast verloren!“, rief Jenny, doch Julia sah das anders. Jetzt, wo Skye endlich da war, konnte sie gar nicht mehr verlieren!

13

Als Julia das Wasser aus ihren Augen gewischt und sich Gesicht und Haare abgetrocknet hatte, fiel ihr auf, dass Skye nicht allein gekommen war. Er wurde von seinem Chauffeur begleitet, der mit einigen Kartons beladen war, die den Mädchen bekannt vorkamen.

„Ich habe mir meine Zaubersachen von zu Hause schicken lassen“, erklärte Skye. „Man kann schließlich keine Zaubervorstellung geben, wenn man die passenden Utensilien nicht parat hat.“

„Sind das etwa alles Dinge, die du zum Zaubern brauchst?“, fragte Julia verblüfft.

„Ja, aber das ist nur ein Teil meiner Ausrüstung. Ich konnte meinem Vater nicht zumuten, mir auch den Karton mit den Sachen zu schicken, die ich brauche, um jemanden zu zersägen. Außerdem gefällst du mir so, wie du bist, viel besser!“

„Ach!“, sagte Julia, genau wie sie es bei den Dreharbeiten so oft getan hatte.

„Versuch nicht, mich mit deinen schauspielerischen

Fähigkeiten zu beeindrucken“, neckte er sie. „Hilf mir lieber.“

Skye und Julia scheuchten alle aus dem Wohnzimmer und schlossen die Tür, um die Vorstellung vorzubereiten.

„Ich wüsste zu gern, was da drin abgeht“, flüsterte Jenny.

„Zauberei“, gab Laura lachend zurück. „Reine Zauberei.“

Nach einer Weile kam Julia heraus und bat alle Gäste für die Vorstellung nach drinnen. Es herrschte große Aufregung, denn alle waren gespannt auf Skye Ransoms Zaubershow.

Oberst Hanson bekam den Ehrenplatz – seinen eigenen Wohnzimmersessel. Die anderen Gäste suchten sich Stühle, setzten sich auf Tische oder nahmen einfach auf dem Boden Platz.

„Ladies and Gentlemen!“, rief Jenny und hörte sich an wie ein Ansager im Zirkus. „Die Sattelclub-Unterhaltungs-GmbH freut sich, Ihnen ihr Mitglied Julia Atwood und ihren Assistenten Sven, äh, Steve, äh, wie hieß er doch gleich? Ach ja, Skye ...“

„Schenk dir die Ansprache. Lass sie mit der Vorstellung anfangen!“, unterbrach Laura ihre Freundin.

„Klar“, sagte Jenny bereitwillig. „Schließlich weiß jeder, wer die beiden sind. Aber jetzt wollen wir mal sehen, was sie drauf haben!“

Julia und Skye standen auf und die Gäste applaudierten. Julia hatte keine Ahnung, was sie tun sollte, doch das machte nichts, denn Skye schien es ganz genau zu wissen.

Er verbeugte sich höflich und führte sofort den ersten Trick vor. Als Erstes fand er ein paar Münzen hinter den Ohren verschiedener Gäste – Vierteldollar- und Fünfzig-Cent-Stücke. Hinter dem Ohr von Lauras Vater steckte sogar ein Silberdollar. Zu den Gästen gehörte auch der Vorgesetzte von Oberst Hanson – ein General. Hinter seinem Ohr zog Skye einen Uniformknopf hervor. Die Gäste applaudierten begeistert.

Skye führte seine Tricks in so schneller Folge vor, dass den Gästen keine Zeit blieb, sich zu fragen, wie sie wohl funktionierten. Julia war verblüfft von seinem Tempo. Von den auftauchenden und wieder verschwindenden Münzen wechselte er zu Kartentricks über. Kurze Zeit später füllte er Milch in ein Glas und trank sie aus einem anderen. Gläser, Flaschen, Orangen und sogar der Hut von Lauras Vater tauchten auf, verschwanden wieder und bewegten sich scheinbar von selbst.

Irgendwann drückte Skye seiner Assistentin eine kleine Schachtel in die Hand und zog daraus ein zwanzig Meter langes Seidentuch hervor. Julia wusste genau, dass es unmöglich in der winzigen Schachtel gesteckt haben konnte, doch sie fand keine Erklärung, woher es tatsächlich kam. Skye war so geschickt, dass selbst Julia, die direkt neben ihm stand, nicht merkte, wie seine Tricks funktionierten.

Zum krönenden Abschluss nahm Skye den Zylinder ab, den er während der gesamten Vorstellung getragen hatte.

„Dieses Ding passt mir nicht richtig“, sagte er mit einem Anflug von Verärgerung. „Ich habe es von dem besten Hutmacher in Beverly Hills gekauft – einem komischen kleinen Kerl namens Katz. Er sagte mir, dass der Hut anfangs vielleicht ein wenig unbequem sein würde. Also, ich denke, ich muss aus diesem Hut erst einmal den Katz herausholen, bevor er richtig passt.“ Skye strich mit den Händen über die Außenseite des Zylinders und schaute dann in das Innere des Hutes. „Ah, ja“, sagte er. „Ich glaube, ich weiß jetzt, woran es liegt.“ Er griff in den Hut, und es war ein merkwürdiges Geräusch zu hören. „Da haben wir es!“, verkündete Skye triumphierend. Er zog die Hand aus seinem Hut und förderte Lauras Katze Schneeball zu Tage! Er überreichte die verblüffte Katze einer noch verblüffteren Laura und setzte seinen Hut wieder auf. „Jetzt passt er perfekt!“ Er verbeugte sich zum lauten Applaus und den Begeisterungsrufen der Gäste.

Der Oberst schüttelte ihm die Hand und die Mädchen umarmten ihn.

„Du warst einfach klasse!“, sagte Laura.

„Du warst der Höhepunkt der Party“, rief Julia begeistert aus.

„Wie hast du das gemacht?“, fragte Jenny. „Ich möchte das auch lernen – das war ja Wahnsinn!“

„Zauberer verraten niemals ihre Tricks“, antwortete Skye geheimnisvoll. „Kommt, wir räumen ein bisschen um. Ich habe noch mehr Unterhaltung für euch.“ Er holte ein großes Tischtuch und breitete es über seinen Zaubertisch. Aus einer anderen Schachtel zog er eine Videokassette hervor.

„Das dürfte Ihnen auch gefallen“, sagte er zu den anderen Gästen und legte die Kassette in den Videorekorder der Hansons ein. „Es ist auch eine Zaubervorstellung – zumindest in gewisser Weise.“

Die Mädchen brauchten eine Weile, um zu erkennen, was das Ganze sollte. Julia erkannte es als Erste.

„Es ist die Szene von heute Morgen!“, rief sie. „Seht, da kommt Skye!“

Als Erstes waren Hufschläge zu hören, und dann kam Skye mit Pepper aus dem Wald galoppiert. Er strahlte über das ganze Gesicht. Maverick rannte um ein Gebüsch herum, überholte Pepper und kam als Erster beim Stall an. Die Kamera schwenkte zurück und Julia kam ins Bild. Maverick lief zu ihr und sie ging in die Hocke um den Hund zu begrüßen, der ihr Gesicht ableckte.

„Ein schöner Hund!“, sagte sie zu Skye, als er mit Pepper vor ihr zum Stehen kam.

Julia war hingerissen, sie konnte es kaum glauben, dass sie tatsächlich sich selbst zusah. Es sah alles so professionell aus.

„Achtet darauf, was jetzt kommt“, sagte Skye. Julia wusste nicht, was er meinte. Die Szene war eigentlich vorbei. Skye war abgesessen und sie hatte Peppers Zügel übernommen. Sie hörte Oliver „Schnitt!“ rufen, doch die Kamera lief weiter. Sie strich langsam über die Strecke, die Skye geritten war. Plötzlich erschienen zwei Reiterinnen im Bild, die den Filmaufnahmen im Reitstall zusahen.

„Das sind ja wir!“, jubelte Jenny begeistert. Tatsächlich, es waren Jenny und Laura, die Julia und Skye zusahen und gar nicht gemerkt hatten, dass eine Kamera auf sie gerichtet war.

„Ihr wart großartig“, sagte Skye. „Ohne euch drei hätte ich es nie geschafft! Vielen, vielen Dank!“

Oberst Hanson erhob sich aus seinem Sessel und reichte Skye die Hand. „Das war einmalig, Skye. Diesen Geburtstag werde ich garantiert niemals vergessen. Du hast mir ein paar wundervolle Geschenke gemacht.“

„Aber Sie haben ja noch gar nicht alles bekommen“, widersprach Skye.

„Was denn – noch mehr?“

„Ja, und nach all dem, was ich von Ihnen weiß, wird Ihnen dieses Geschenk sicher am besten gefallen. Da waren diese drei Vampire, die in eine Bar gehen …“

14

„Kommt, hier entlang“, sagte Jenny und sah ihre Freundinnen über die Schulter hinweg an. Die drei hatten beschlossen, ihr Sattelclubtreffen während des Reitens abzuhalten. So konnten sie einen Ausritt genießen und sich gleichzeitig über die tolle Party und die Aufregungen der vergangenen Woche unterhalten.

Es war Sonntagmorgen. Die Sonne war erst vor einer Stunde aufgegangen, und es war noch angenehm kühl. Die Filmgesellschaft hatte den Stall am vergangenen Abend genauso schnell wieder verlassen, wie sie gekommen war. Jetzt war Pine Hollow kein Drehplatz mehr, sondern wieder ein wundervoller Ort zum Reiten. Der ganze Trubel war zwar richtig aufregend gewesen, doch einfach nur in Ruhe reiten zu können, war noch schöner. Die Mädchen waren schon sehr erleichtert, als die Lastwagen und Wohnmobile endlich wieder verschwunden waren.

Die Pferde spürten die Aufregung ihrer Reiterinnen und trabten fröhlich über die Feldwege hinter dem Reitstall. Ihr Ziel war der große Felsen am nahe gelegenen Bach.

Julia war froh, wieder auf Pepper reiten zu können, und sie gönnte ihm die Abwechslung eines gemütlichen Morgenrittes nach all der Arbeit als Star in einem Film. Sie lehnte sich nach vorn und klopfte ihm liebevoll den Hals.

„Seht euch das an – schon wirft sie sich dem nächsten Filmstar an den Hals“, spottete Laura.

„Ich wollte nur ‚Danke‘ sagen, dass er so gut auf Skye aufgepasst hat“, verteidigte sich Julia.

Wenige Minuten später hatten sie den Wald erreicht und folgten dem Reitweg zum Bach.

Die Mädchen saßen ab und banden die Pferde an den Bäumen fest.

„Kaum zu glauben, dass schon alles vorbei ist“, sagte Jenny nachdenklich. Sie hatte sich auf den Felsen gesetzt und den Rücken gegen einen Baumstamm gelehnt.

„Was für eine Woche!“, seufzte Julia. „Ist das wirklich alles passiert?“

„Soll ich dich mal kneifen?“, bot Jenny an.

„Nein, danke“, erwiderte Julia.

„Es war wirklich total aufregend“, stimmte Laura zu. „Es ist so viel passiert. Der Film, Skye, die Party ... Irgendwie tut es mir Leid, dass alles vorbei ist.“

„Mir nicht“, stellte Julia fest. „Es war zwar wirklich

toll, aber ich freue mich auch darauf, wieder ‚normal' zu leben, in die Schule zu gehen und reiten zu können, ohne den ganzen Filmtrubel. Ich meine, Skye ist ein netter Kerl und er hat vieles, das wir nicht haben: eine Limousine mit Chauffeur, unendlich viel Geld und so weiter, aber ich würde auf gar keinen Fall mit ihm tauschen wollen."

„Wegen all der kreischenden Mädchen, die ihm ständig nachlaufen?", fragte Jenny.

„Nein, weil er keinen Spaß am Reiten hat", sagte sie. „Und das bedeutet, dass er kein Mitglied im Sattelclub werden kann."

„Nicht einmal ehrenhalber?", fragte Jenny grinsend.

„Nein", entschied Laura. „Er ist nett und er kann unser Freund sein, aber Julia hat Recht. Jemand, der Angst vor Pferden hat, passt nicht hierher."

„Aber wenn es darum geht, anderen zu helfen, ist er spitze, findet ihr nicht?", fragte Julia. „Diese Zaubervorstellung war einfach toll."

„Auf jeden Fall", bestätigte Jenny. „Er hat uns auch bei der Planung der Party sehr geholfen. Ich hätte nichts dagegen, ihn in Zukunft bei allen Sattelclubprojekten dabeizuhaben."

Die nächsten Minuten sagte niemand etwas. Die Mädchen genossen das Plätschern des Baches und das Rauschen der Blätter im Sommerwind.

Julia war rundum glücklich. Es war nicht das aufregende Glücksgefühl, das sie bei Skyes Zaubervorstellung empfunden hatte, und auch nicht das unwirkliche Gefühl wie bei den Dreharbeiten. Es war einfach ein Gefühl von Glück und Frieden, ein sehr beruhigendes und schönes Gefühl. Sie war froh, wieder mit ihren Freundinnen und den Pferden zusammen zu sein.

„Also gut", sagte Jenny plötzlich. „Jetzt sind die Dreharbeiten abgeschlossen, die Party ist vorbei – und wir haben sogar schon aufgeräumt. Was machen wir als Nächstes?"

Laura und Julia lachten. Das war wieder typisch Jenny! Sie konnte nicht ausruhen und brauchte immer Action.

„Wir könnten einfach hier sitzen bleiben und über Pferde reden", schlug Julia vor.

„Oder wir reiten wieder los und üben die Dinge, zu denen wir diese Woche nicht gekommen sind, weil der Reitunterricht ausgefallen ist", überlegte Laura.

„Ich habe eine Idee!", verkündete Jenny. „Warum arbeiten wir nicht an unserem nächsten Projekt?"

„Und was soll das sein?", fragte Laura.

„Natürlich die Party zum fünfzigsten Geburtstag deines Vaters, was denn sonst!"

Pepper antwortete auf ihren verrückten Vorschlag. Er schnaubte laut, und es schien, als hätte er alles verstanden. Sein Schnauben klang sehr verdächtig nach einem Lachen.

Laura und Julia prusteten ebenfalls und Jenny fiel übermütig in ihr Gekicher ein.

Leseprobe

**Und wenn du wissen willst, wie es mit Laura, Jenny, Julia und ihren Pferden weitergeht, lies „Die Fuchsjagd"
(Sattelclub Band 20, RTB 54912)**

Jenny Lake versuchte sich ihren Ärger nicht anmerken zu lassen. Sie saß mit ihrer Familie am Abendbrottisch, und ihre drei Brüder hatten wieder einmal nichts Besseres zu tun, als sie zu ärgern. Normalerweise hätte sie ihnen einfach eine patzige Antwort gegeben, doch heute Abend war ihr Freund Phil Marston zu Besuch. Jenny wollte nicht, dass Phil mitbekam, wie gemein sie zu ihren Brüdern sein konnte, aber es fiel ihr sehr schwer, sich zurückzuhalten.

Ihr ältester Bruder Tim hatte mit der Frotzelei angefangen.

„Wohin wolltest du heute Abend mit Phil gehen?", hatte er scheinheilig gefragt, obwohl er genau wusste, dass sie zu einem Organisationstreffen für die bevorstehende Übungsjagd gingen. Jenny hatte sich bemüht, es ihm auch ein zweites Mal freundlich zu erklären.

„Sag bloß, dass ihr noch nicht einmal in der Lage seid, einen lausigen Fuchs zu erwischen, ohne vorher zu üben", hatte Jennys Zwillingsbruder Alex daraufhin gespottet. „Mit euren großen Pferden solltet ihr es doch wohl schaffen, so ein kleines Vieh einfach über den Haufen zu reiten."

Jenny hatte innerlich gekocht, doch Phil war gelassen geblieben. „Wir wollen den Fuchs doch nicht platt machen. Außerdem ist diese Jagd nur eine Art Vorbereitung auf die echte Fuchsjagd."

„Wow! Zieht ihr dann auch diese typischen roten Jacken an, brüllt wie die Irren in der Gegend herum und trinkt Brandy aus einem Flachmann?", hatte Tim frech gefragt.

„Horrido!" Natürlich hatte auch Michael, Jennys jüngster Bruder, seinen Mund nicht halten können.

Jenny konnte sich mittlerweile kaum noch beherrschen. Sie hatte sich schon oft gewünscht, ein Einzelkind zu sein, und jetzt war es wieder einmal so weit. Sie stellte sich vor, wie schön es sein müsste, sich mit ihren Eltern und Phil ruhig und sachlich über die bevorstehende Fuchsjagd zu unterhalten.

„Ist Fuchsfleisch denn wirklich so lecker?", wollte Alex wissen.

Tim und Michael brüllten vor Lachen.

Jenny verzog das Gesicht. „Das beweist wieder einmal, wie wenig du weißt“, zischte sie. „Die Fuchsjagd ist ein sehr alter und ehrenhafter Sport. In England gab es früher viele Füchse und weil es die meisten auf die Hühner abgesehen hatten, waren die Bauern froh, wenn jemand die Füchse erlegte. Hier in Amerika gibt es ja viel weniger Füchse, deshalb wird hier nur selten einer gefangen und noch seltener einer getötet. Die meisten Jagdreiter wollen gar nicht, dass die Hunde wirklich einen Fuchs erwischen. Der Fuchs soll entkommen und wieder da sein, wenn es das nächste Mal heißt: Auf zum fröhlichen Jagen!“ Dieser letzte Satz war ihr kaum über die Lippen gekommen, als sie ihn auch schon bereute.

„Auf zum fröhlichen Jagen!“, heulte Tim, und die beiden anderen Brüder stimmten natürlich sofort ein. Selbst Jennys Eltern fiel es offensichtlich schwer, nicht zu lachen. Jenny wurde rot, und das machte sie nur noch wütender.

Das Leben mit drei Brüdern war wirklich eine Geschmacksache, und Jenny freute sich jedes Mal, wenn sie sich in den Reitstall flüchten konnte. Dort war sie wenigstens allein – zumindest blieb sie von ihren nervigen Brüdern verschont.

Natürlich war sie beim Reiten nicht wirklich allein. Sie traf sich im Reitstall von Pine Hollow immer mit ihren beiden besten Freundinnen Laura Hanson und Julia Atwood, und manchmal auch mit Phil. Bei der

Übungsjagd wie auch bei der echten Fuchsjagd würde sie mit allen dreien zusammen sein, und sie freute sich wahnsinnig darauf.

Jenny, Laura und Julia waren grundverschieden, doch alle drei waren echte Pferdenarren. Sie waren sogar so pferdeverrückt, dass sie zusammen einen Club gegründet hatten – den Sattelclub. Alle Mitglieder mussten Pferdeliebhaber sein und sich bereit erklären, einander immer zu helfen. Die Mädchen hatten Phil, der etliche Kilometer entfernt wohnte und Mitglied in einem anderen Ponyclub war, zum Ehrenmitglied des Sattelclubs ernannt.

„Die wenigsten Leute wissen, wie eine Fuchsjagd abläuft“, erklärte Phil freundlich, als sich Jennys Brüder wieder etwas beruhigt hatten. „Wir haben bei den Treffen von Cross County – das ist unser Ponyclub – viel darüber gehört, und ich fand es interessant, dass nur der Huntsman, der Chef der Meute, und die Piköre tatsächlich jagen. Die anderen reiten einfach hinterher und halten Ausschau.“

„Heißt das etwa, dass ihr euch total unbewaffnet in die feindlichen Wälder wagen müsst?“, fragte Tim sarkastisch.

„Auf einer Fuchsjagd ist niemand bewaffnet“, entgegnete Jenny, die sich wieder halbwegs unter Kontrolle hatte. „Eine Fuchsjagd ist eigentlich nur eine Gelegenheit, bei der man über Hindernisse und Felder galoppieren kann."

„Genau", bestätigte Phil. „Und das Aufregendste daran ist, dass man nie weiß, wohin die Jagd geht. Man kann eine Fuchsjagd nicht mit einem normalen Ausritt vergleichen."

Jenny konnte kaum glauben, wie geduldig Phil mit ihren Brüdern war. Er war viel freundlicher, als sie es verdient hatten.

„Das klingt aber sehr aufregend", stellte Alex fest. Er sah seinen Vater an. „Ich weiß nicht, ob wir Jenny wirklich erlauben sollten, daran teilzunehmen. Sie regt sich doch immer so übermäßig auf ..."

Mrs Lake räusperte sich und gab Alex damit zu verstehen, dass er seine Sticheleien allmählich übertrieb. Michael aber hatte diese unausgesprochene Ermahnung nicht verstanden und machte dort weiter, wo sein Bruder aufgehört hatte.

„Hast du nicht gesagt, dass Jenny nur mitmachen will, weil Phil auch dabei ist?"

Die Wut stieg wieder in Jenny hoch, und sie hätte ihrem Bruder am liebsten den Kragen umgedreht, aber sie hielt sich zurück.

Nun meldete sich auch Jennys Vater zu Wort. „Ich glaube, wir sollten das Thema wechseln, sonst könnte es passieren, dass einige Mitglieder dieser Familie nicht in den Zirkus gehen werden, der in zwei Wochen bei uns sein Zelt aufschlagen wird."

Diese Ermahnung war deutlich und wurde von allen sofort verstanden. Der Wanderzirkus kam jedes Jahr in ihre Gegend und die Lakes waren begeisterte Zirkus-Fans.

„Ach ja, Zirkus Emerson", sagte Phil. „Den kenne ich. Die Vorstellung ist immer super. Die Clowns mag ich am liebsten."

„Ich nicht", warf Jenny ein. „Mir gefallen die dressierten Tiere viel besser. Vor allem die Pferde."

„Möchte noch jemand Nachtisch?", unterbrach Mrs Lake das Gespräch.

„Ich räume schnell die Teller ab", bot Jenny an.

„Oh, sie spielt die Hausfrau!", lästerte Tim. „Sie will damit wohl jemanden beeindrucken. Ich frage mich nur, wen."

Als Jenny sicher war, dass Phil in eine andere Richtung sah, streckte sie Tim die Zunge heraus.

„Ich helfe Mom nur, weil ich verhindern will, dass du schon wieder ein Glas zerdepperst. Du erinnerst dich sicher noch an gestern, oder?"

Bevor er etwas darauf antworten konnte, hatte sie schon den Wasserhahn aufgedreht. Das machte genug Lärm, dass sie ungestört vor sich hinschimpfen konnte, ohne dass Phil es hörte.

Der Rest des Abendessens verlief relativ ungestört, vor allem, weil Tim von einem Mädchen aus seiner Klasse angerufen wurde.

Jenny seufzte erleichtert. Tim war immer der Anstifter für solche Sticheleien. Die beiden anderen ließen sich von ihm meistens nur mitreißen. Solange er am Telefon hing, würden Michael und Alex sicher Ruhe geben.

Nachdem Phil und Jenny auch die Dessertteller abgeräumt hatten, schickte Mrs Lake die beiden nach Pine Hollow. Schließlich sollten sie nicht zu spät zu ihrem Treffen kommen.

Es war ein kühler Abend. Vom Haus der Lakes bis zum Reitstall waren es etwa zehn Minuten, und die beiden waren froh, eine Weile allein zu sein.

„Es tut mir Leid, dass meine Brüder sich so doof aufgeführt haben“, sagte Jenny und nahm Phils Hand. „Manchmal sind sie einfach nicht zu bremsen.“

„Denk immer dran, dass ich Schwestern habe, und die können genauso nervig sein. Tim, Alex und Michael stören mich überhaupt nicht.“

„Aber mich treiben sie manchmal fast zum Wahnsinn. Und eins kann ich dir versichern: Für die Aktion heute Abend werden sie bezahlen! Ich bin ja schon gewöhnt, dass sie mich ständig aufziehen, aber dass sie dich genauso blöd anmachen mussten, fand ich weniger lustig. Außerdem verstehe ich nicht so ganz, was an einer Fuchsjagd so lächerlich sein soll!"

„Viele Leute spotten darüber", wandte Phil ein. „Viele halten die Jagdreiterei für einen merkwürdigen Sport."

„Das beweist mal wieder, dass sie nichts davon verstehen."

„Genau, und die meisten wollen auch nichts darüber wissen", stimmte Phil ihr zu.

„Dann sagen wir einfach keiner Menschenseele mehr etwas davon. Es muss ja niemand was erfahren."

Er zwinkerte ihr zu. „Klar", sagte er. „Das wird nur schwierig, wenn wir den Fuchs verfolgen und dabei über die Wiesen dieser Leute donnern, die nichts davon erfahren sollten. Meinst du nicht?"

„Dann reiten wir eben auf Zehenspitzen", schlug Jenny vor. „Oder sind das dann ‚Hufenspitzen'?"

Phil lachte herzlich und Jenny kicherte mit.